與鳳行

LEGEND SHENLI

下卷

九鷺非香 著

「唯獨沈璃之事，
我一步也不會退。」

與鳳行

目錄

003 第十八章 美絕人寰的東海漁夫
047 第十九章 世上竟有比你還老的妖怪
103 第二十章 春色無邊
151 第二十一章 一邊是蒼生，一邊是妳
199 第二十二章 最後一役
233 終章 與子同歸
261 番外一 鳳來
307 番外二 婚禮

第十八章

美絕人寰的東海漁夫

陰暗的屋子中，只有角落的火光在跳動，將她的影子投射在背後的石頭牆上，映出一個「大」字的形狀。她手腳皆被沉重的玄鐵鍊牽扯著，固定著她手腕腳踝的地方，並不是用銬子銬住，而是直接在她骨頭裡面穿了根拇指粗的鐵釘，稍有動作便會拉扯傷口，有疼痛鑽心而入。然而即便是不動，身體的重量也讓她的手腕難以負擔。關節處已水腫了一大圈，被鐵釘釘住的傷口周圍發黑潰爛，使人不忍細看。

「嘖嘖嘖，每天都這樣，每天都這樣。」女子對面的牢房裡縮著一個男子，他名喚北小炎，被捉到此處關著已經有些時日了。但先前他除了偶爾被審問幾句話以外，日子過得還算安生。可自打這個女人來了之後，他每天都過得那麼心驚膽顫，無關乎其他，光看看被施加在這個女人身上的刑罰，他都膽寒發抖。

被吊著的女子此時像死過去了一般，氣息全無。但北小炎知道，不消片刻，這個女人便會再次醒過來，她的生命力總是強得讓人驚訝。

「喀……喀！喀！」正想著，對面的女子忽然劇烈咳嗽起來，撕心裂肺的，好似要將內臟都咳得吐出來。

聽得北小炎都不忍心，想去幫她拍拍背了，但他現在也是自身難保，唯有望著她搖頭嘆息。在女子的咳嗽聲停下來之後，牢房外響起了幾聲吆喝：「哎，那個碧蒼王又醒了。去通知大人來吧。」

「這次該你去了，大人這次復活花了比以往更長的時間，這兩天身子不爽，脾氣可壞著呢。我連著去了兩次，上次更是差點丟掉腦袋，這次說什麼也該輪到你了。」

「嘖！好吧好吧，看好門啊。」

外面安靜下來。

北小炎望著對面隔著兩個鐵柵欄的女人，嘀咕道：「有什麼不能招的，每天打每天打，妳不嫌痛，看得我都噁心了。」

「知道與我一同落難的人不開心，我便也安心了。」對方用粗啞的嗓音淡淡地說出這話，讓北小炎嘴角一抽，不滿道：「碧蒼王沈璃，今天妳沒聾啊，嗓子也是好的，好不容易有一天有這麼美麗的開頭，妳說話就不能悠著一點？」

她垂著腦袋，冷笑：「這種鬼地方，什麼開頭都不會美麗。而且……我倒希望，我日日皆是五感全失。」

北小炎彎腰，去窺探沈璃被垂下來的髮絲擋住的眼睛，道：「還好嘛，妳今天眼睛看不見，嗅覺呢，觸覺呢？只要觸覺不在，今天妳就好熬過去了。」

「託你的福，今日五感恢復了其三，恰好，觸覺便在其中。」

北小炎打了一個寒顫，抱腿往牆角一縮。「那妳可得忍住，我可不想在看見血肉橫飛的時候聽見妳的慘叫，會被嚇死的。」

沈璃彎了彎脣，沒有再多說話。

從那日海上一戰到現在具體過了多久，沈璃不知，只隱隱從北小炎的口中聽出，如今距當時大概有三個月之久。三個月，若是在人界倒還好，若是在天界或是魔界其中一隅，只怕外面已經是滄海桑田。

魔界的人怕是以為她已經死了吧，也不知魔君的傷恢復得如何，都城秩序可否恢復正常，肉丫和噓噓知道她已戰亡的消息是否會傷心痛哭……天外天那位淡然的行止神君，是不是也會有幾分感慨呢？

她突然惡趣味地想看看，行止臉上的淡然不復存在時的表情，不過這樣的念頭也只有想想。

行止身上背負的太多，他失去那份淡然，便是三界皆悲。他不能有一分動容，這是神明應有的態度。

沈璃靜下心，撇開紛雜思緒。

她不知自己何時被囚禁在了此處，那日的烈焰是她記得的最後一幕。待再醒來之時，她已經被抓來了這裡，而且她的身體彷彿與之前有許多不同，體內空蕩蕩的，不管她想如何調動法力，都是一絲氣息也無，簡直就像一個未曾修煉過的凡人，但是她的皮肉卻比先前結實許多，且時時散著極燙的溫度，像是在燒一樣。雖然她自己感覺不到，但北小炎閒來無事往她這裡扔了幾塊他從地上摳出來的泥巴，但凡觸碰到她身體的，無一不被直接烤乾，散為沙粒。

所以鎖她用的是極寒的玄鐵鍊，唯有此物才可抑制她身體中的火灼之氣。

但沈璃欲從此地逃出，光靠結實又滾燙的皮肉卻是不行的，沒有法力，她寸步難行。

更麻煩的事情是，她的五感，視覺、嗅覺、聽覺、觸覺、味覺，每天皆有幾種感官莫名消失。或是今日無法視物，或是明日聽不見聲響說不出話，又或是如同今天這般，消失了兩感，出現了三感，每天皆在變化，令她煩不勝煩。

不過左右是在這牢房之中，她動彈不了，五感於她而言，也不如往常那般重要。過了初時幾日，沈璃便也習慣了。有時遭到逼問毒打時，沈璃甚至還有些慶幸自己的觸感時不時會消失一下，沒有痛覺加上皮肉厚實，實在讓她好受不少。

看著對方竭盡全力地折磨自己，而自己卻毫無所感，只用冷冷的眼神鄙視於他，每每想到這樣的場景，沈璃便難免打心眼裡生出一股優越感。

沈璃正想著，忽聞「嘩啦」一聲，黑衣人領著青袍男子緩步走進地牢。跳動的火焰映在來人的臉上，光影在他臉上交錯，讓他被燒得皺巴巴的皮膚看起來更令人恐懼噁心。

然而今天的沈璃卻不用面對這張可怖的臉。

「王爺今日可好？」他沙啞的嗓音刺入沈璃的耳膜，沈璃只是冷笑，不搭理他。

是苟生，這些日子日日來拷問她的人，也是抓她來這裡的人。在經歷過那樣的炙烤之後，沈璃覺得自己是鳳凰，天賦異稟，大約不怕火，然而這個傢伙居然也沒有死，這便令人有些難以置信了。

沈璃甚至懷疑當日的一切，是不是自己做了一個夢，幻想著背叛魔界的奸細是墨方，幻想著自己在海上與苻生有一戰，幻想著自己將自己燒死在了大海之上。然而數日下來，從聽覺偶爾恢復時，聽門外侍衛的閒聊，還有北小炎嘴裡的一些嘀咕，沈璃大約知曉，當初那一切都是真實的，她真的是燒起來了，墨方真的是奸細，而苻生真的是——

不死之身。

他竟身懷復活之能力，在不傷及其要害的情況下，能一遍一遍地復活自己。

沈璃這才知曉，原來他的名字——苻生竟是又有「復生」之意。

真是個難纏的傢伙，不過好在他現在被自己一把火燒成了一副鬼德行，法力大不如前，那些魔人也被她燒了個乾淨，連墨方也被她燒得不知蹤跡，他們可謂損失慘重，暫時無法出去為非作歹，好歹能給魔界換來幾絲休養生息的機會。若能趁此時與天界軍隊建立更緊密的聯繫，到時即便天界的兵再不管用，魔族將士便是將他們那些通天的法器偷來用用，戰力也能提高至少十倍，若她能回去……

一絲疼痛自手腕腳踝處傳來，打斷沈璃的構想，即便沈璃再能忍耐，此時也被這鑽心的疼痛折磨得皺了眉頭。牽扯著沈璃手腕腳踝的玄鐵鍊被人大聲敲響，穿透她骨頭的鐵釘為之震顫，這樣細小的震動比大幅度的晃動更磨人心智，令人奇癢而無法可撓，奇痛卻無法可緩。

若她能回去……沈璃咬著牙關，忍著這奇癢奇痛，心中只道，自己約莫是沒有回去的一天了。她現在只盼苻生能日日將她折騰得更狠一點，讓她早日喪命，解脫這苦痛，一了百了。

接著有人拿強光在沈璃眼前照過，又有人拿著一個鞭炮在沈璃耳邊炸響，爆炸聲讓沈璃下意識地側了側腦袋。

苻生粗嘎地一笑：「想來王爺今日聽覺觸覺是有所恢復了。這嗓子應該也是好的。那麼，王爺今日還是不打算將鳳火珠交出嗎？」

又是這個問題。

沈璃雖然厭惡極了苻生其人，更不想回答他任何話，但在這個問題上，沈璃實在是心感無奈：「被我吃了。」她如是說。

她知道這些人嘴裡所提的「鳳火珠」，約莫就是魔君給她的那顆「碧海蒼珠」。但依魔君所言，那是她的東西，她也依魔君所言將那顆珠子吃了下去，然而苻生現在讓她交出那顆早不知被消化到了哪兒的珠子……沈璃一笑，極盡嘲諷：「你來掏啊。」

苻生一咬牙，揚手便要掌摑沈璃，然而他衣袍中的手仍遍布被燒灼之後的痕跡，他強忍住怒火：「既然碧蒼王不肯配合，今日便再受些皮肉之苦吧。」

言罷，他一揚手，旁邊的侍從拎出早已備好的玄鐵鞭。苻生捂著嘴咳嗽了兩聲，之後退到一邊，接下來無非是一場鞭刑。

沈璃垂頭受著，對面牢房中北小炎的臉色卻比沈璃更白，看見這樣的她，便如同看見了這樣的自己。他縮在角落裡，盡量不引起外面人的注意，但在苻生轉過頭之時，還是看見了蜷在牆角的他。

「三王子莫要害怕，你如此配合我們，知無不言言無不盡，我們自是也不會虧待三王子。」

北小炎點了點頭，嚇得大氣也不敢喘一口。

這一場刑罰一直持續到苻生疲了，他擺了擺手，走出了地牢，那些侍從也跟著離開。牢門鎖上，又只剩下了火把、北小炎和沈璃。看著一身是血的沈璃，北小炎有些不敢開口，牢房裡靜了許久，反而是沈璃先開口問：「將北海所有的情報告訴他們，令他們奪了北海王權，致使北海一族成為其傀儡，三王子便無半分愧疚？」

「我……」北小炎語氣吞吐，「我自然愧疚……但是我也沒辦法，我不是妳，我受不了這樣的痛苦，而且我母妃有罪，我自幼便受他人歧視，北海王族之於我，實在無甚親情。我叛了他們……也是無奈之舉。」

沈璃沙啞開口：「誰人沒有幾個苦衷，然而背叛一事，總難讓人原諒。」

北小炎一默：「人不為己天誅地滅，妳……妳又何必對他們嘴硬，都這樣了，他要什麼妳給他不就好了。」

沈璃的身體只靠兩條鐵鍊掛著，即便是在這樣的情況下，她還是呵呵笑了出來：「我當真吃了……」

北小炎看妖怪一樣地看她。沈璃只道：「三王子不用憂心，本王乃是無堅不摧之身……」

北小炎垂下頭，嘀咕道：「真不明白妳，都這種情況了，還能笑得出來。」

當然能笑，她已經被練出來了。

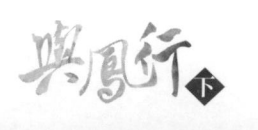

枯坐了不知多久，北小炎漸漸起了睡意，睡意正沉，忽聞幾聲脆響，北小炎一驚，睜開眼，看見一個黑衣人立在沈璃跟前。黑衣人雙拳握緊，一雙手在沈璃耳邊抬起又放下，好似想碰她而又不敢觸碰。

「王上……」黑衣人一聲悲哀的喚，嗓音極盡沙啞。黑衣人手中紫劍一現，逕直斬斷困住沈璃四肢的玄鐵鍊，將昏迷的沈璃往懷中一抱，「我帶妳出去。」這五個字喑啞卻決絕，不容人反駁。

沈璃在顛簸之中醒來，她看見有光景在眼前不停地流轉，鼻子能嗅到青草和風的味道，沈璃心想，今天恢復的是視覺與嗅覺嗎……只是，苟生又想出什麼法子來折磨她了？這眼前的幻境便如同外界，那麼鮮活自由，讓她不由自主地心生嚮往。

明明她也只被囚禁了不久，但這些景色之於沈璃，便像上輩子的事情一般。她動了動指尖，想伸出手，想去重溫一下風穿過指縫的感覺。

周遭流轉的光景忽然一停，沈璃看見自己如今身處一片森林之中，一張將驚喜緊緊壓抑住的臉出現在她的視野裡——墨方。原來，這竟不是什麼幻境，是墨方救了她……為什麼？背叛了魔界之後，他又背叛了苻生嗎？

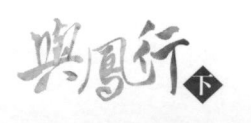

墨方脣角顫動，似在說著什麼言語，但此時沈璃什麼也聽不見，她也說不出話，只是搖了搖頭，稍稍用力推開那人。手腕上的玄鐵釘尚未被取出，便是這輕輕一推，沈璃一口氣險些沒提上來，她今天感覺不到疼痛，但身體還是會痙攣。

墨方忙將她放下，讓她倚樹坐好，然後雙膝跪地，靜默地俯首於她身前，似在認罪，又似在道歉。

沈璃閉上眼，權當看不見。

今日便是沈璃能說話，她也會做出和現在一樣的反應，因為對墨方，她已經無話可說。魔界那些將軍，那些與他的衣冠殘劍一起擺在棺木裡的屍首，早已在兩人之間劃出了清晰的敵我界線。在沈璃心裡，那個與她行軍作戰，同生共死的兄弟已經親手把他自己殺死了。這是他想要的結果，沈璃便尊重他選擇的結果。

跪在她身前的，是犯魔族疆域，屠魔族百姓，殺魔族將領的敵人。

若槍在手，她便會與他一戰。

墨方跪了許久，本打算在沈璃喚他之前不欲起身，但地面傳來的細微顫動，令墨方面容一肅，他心知現在不能再耽擱下去，若此時不走，他怕是再難助沈璃逃掉，當下狠狠磕了個頭：「王上，冒犯了。」他起身，將沈璃一攬，抱了她便繼續向前走。

穿過片片樹林，經過最後一排樹木，便是白石沙灘。墨方將沈璃放在兩塊沙灘巨石旁邊，讓她倚石坐好，他或許還有話想說，但地面顫動得越來越明顯，墨方只得暗暗咬了牙，隨手撿了塊石頭，念了個訣，將石頭化為沈璃的模樣，攬在懷中。他轉身，頭也不回地向另一方奔去。

沈璃這時才緩緩睜開眼，沒有看墨方離去的方向，只是望著天邊的雲，吹著從海上來的風，眸色微暗。

天色越發昏暗，海天相接處，霞光轉得如夢似幻，沈璃微微瞇起了眼，睡意漸濃。

星辰轉換，朝陽初生，越過海面的第一縷陽光靜靜地落在沈璃的臉上，她一動不動，睡得極沉。沙灘上有一個緩慢的腳步聲將沙踩得咯吱作響，一道人影繞過巨石，他的影子被朝陽拉得老長，在沈璃臉上劃過。他向海邊走了幾步，忽然身形一頓，轉過頭來，看見了那個陷在兩塊石頭間熟睡的身影。

行止在那裡呆呆地站住，一時竟無法邁動腳步上前，就怕自己一動，那個幻影便就此消失。

直到沈璃在夢中輕咳了兩聲，因她的動作而被震顫的空氣蕩到自己身前，行止方才明瞭，並不是幻境，而是活生生的沈璃。

他邁步上前，腳步急促，竟踩住了自己的衣襬，險些摔倒。

他走到沈璃跟前，半跪在她的身前。「沈璃。」

他伸出手，指尖輕觸她的臉頰，滾燙得灼人心神的皮膚將疼痛從他指尖一路燒到心尖。他沒有放手，整個手心都貼了上去，捧著她的臉頰，輕輕摩挲。

「沈璃。」他輕聲喚她，好像除了她的名字，他將其他所有的言語都忘乾淨了一樣。

這是沈璃啊，那個已經「戰亡」的魔界王爺，那個本來再也回不來的女人，是活生生的沈璃！

被燒灼的疼痛蔓延，然而行止卻又為這些疼痛感到欣喜，他呼吸急促，額頭輕輕抵在沈璃的額頭上，她的體溫對行止來說也是燙得恨不能馬上撒手，但行止卻笑了出來，像神志不清一般，將沈璃的腦袋按進懷裡，在幾乎快燒起來的溫度中輕輕笑著：「妳這是……救了我一命啊。」他在她耳邊細聲呢喃。

但過了一會兒，沈璃未曾轉醒。她氣息極弱，行止稍稍鬆開她，欲替她把脈，待他目光落在她的手腕上，看見那根還穿透著她骨頭的玄鐵釘，行止一愣，一時還未反應過來那是什麼東西。待得明白，行止呼吸微頓，目光呆怔地將她四肢掃視了一遍，待見她四肢皆是如此，行止的呼吸停滯了許久，臉色微微有些泛白：「妳到底……是怎麼照顧自己的……」

他垂下頭，看著沈璃的手，有些不敢觸碰，但不碰又如何瞭解她的傷勢。

行止眼瞼微垂，指尖輕觸她因癱軟而貼於地的手，不過輕輕一碰，沈璃的手下意識地痙攣了一下，牽動骨骼，玄鐵釘與她的骨頭不過稍稍摩擦了一下，沈璃喉頭便發出一聲悶哼，咬緊的牙關與皺起來的眉頭訴說著她的疼痛。行止心頭一緊，掌心凝出白色的寒氣，在沈璃手腕上繞了一圈，沈璃臉上的表情立時緩和不少。

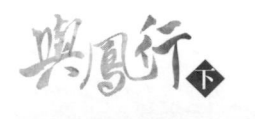

她幾乎不在人前喊疼，這樣的表現若不是她在睡夢中，或許根本不會流露出來吧。

行止心中有氣，真想狠狠教訓沈璃一頓，這個碧蒼王，總是太逞強。然而，當看見沈璃在這樣的疼痛之後竟繼續熟睡，像是習慣了一樣，他頓時什麼氣都提不起來了，只覺心尖一縮，血液將心口的疼痛擠壓到了四肢百骸，令他一時有些控制不住手指的顫抖。

這段時間，她定是極其難過，因為沒人護著她，所以便只好逞強。

「……我會護著妳。」他輕聲說著，輕撫沈璃臉頰的手極是輕柔，但聲音卻帶著不容置疑的堅定，「日後休管天外天塌，三界俱毀，我也定護妳無虞……」

他話音方落，忽覺懷中人呼吸微重，她扭了扭頭，轉醒過來。

沈璃眼前一片漆黑，什麼也看不見，耳朵裡也沒有聲音，但觸覺告訴她，她身前有個人，她嗅到那人身上有極重的海的味道。

「我自己可以走。」她冷聲說著，「時至今日，你我已是陌路，下次若戰場相見，沈璃必不會對你手下留情。你今日要麼殺了我，要麼便走吧。」

對面的人沒有答話，自然，即便對方答了話，她今日也是聽不見的。但身前的人沒有動，沈璃卻能感覺得出來。

冰涼的手指輕輕觸碰她的眼睛，沈璃皺眉，側頭躲開，而那隻手又不依不饒地捏住了她的耳朵。沈璃微怒，欲抬手將他打開，但手臂一動，便是一股鑽心的痛，她臉色更白，咬牙忍過了這一波疼痛，方覺那隻手終於放過了她，沈璃忍道：「墨方，若你心中尚記得往日一絲情分，便走吧。」

沈璃的自尊心極重，此時讓墨方離開，有七分是因為敵我立場，有三分卻是關乎自尊驕傲。

她五感輪流消失，無法行動，連抬腿走路都要人扶著，這樣狼狽的碧蒼王，她打心眼裡不想讓別人看見。

對面的人沉默了許久，竟又伸過手來攬住她的後頸。沈璃一驚，還沒反應過來他要做什麼，膝彎處便被他另一隻手攬住，那人一用力，竟將她打橫抱起。她手腳處的玄鐵釘在他行走的過程當中在骨頭中摩擦，而沈璃此時卻因這種被抱的姿勢而更為心驚。

她與墨方上過多次戰場，也有受傷的時候，行動不便時，墨方也幫過她，不過或是扶，或是背，甚至扛在肩頭上也有過，但從未試過如此姿態。這樣的姿態……她只見過軍中某將軍成親時是這樣抱媳婦進洞房的。是以，她對這個姿勢有些排斥，被這麼一抱，就像……就像被當成了小媳婦一樣，令人心感彆扭。

沈璃大怒，用盡身體裡最後一點中氣喝斥道：「大膽！放本王下去！」那人不理，沈璃這才發現有些不對。墨方幾時對她做出過這種事，即便是背叛之後，他來救她，也對她恭恭敬敬，昨日走時還在她跟前叩首行禮，這才一日怎會變得如此放肆！

沈璃心中不由得升起一個極不祥的念頭，墨方將她放下的地方是海邊，這附近說不定有什麼人類的村莊城鎮，今日這對她又摸又抱的傢伙，莫不是什麼山村漁夫之類的人類糙漢吧！

鼻子嗅到此人身上有濃重的海腥味，沈璃越發堅定了自己的想法，然後臉色更加難看起來。他如今把自己這麼打橫抱著，難道是打算如同那個將軍抱媳婦一樣，將她抱去做什麼不該做的事？

沈璃越想越心急，當下拚盡全力，一抬手肘，狠狠一肘打在「漁夫」的咽喉處。

「漁夫」腳步一頓，沈璃掙扎著要從他的懷裡逃跑，然而還沒等她逃離，四肢的疼痛便讓她渾身痙攣，她忍得住，但身體早已經超過負荷了。她不停地發抖，忽覺自己被人換了一個姿勢。那人好似找了個地方坐下，讓她坐在他懷裡，然後一手抱著她的腰，一手輕輕拍著她的背。

像是在憐惜地輕撫，又像是在告訴她：沒事，我不會傷害妳，我會保護妳。

可「漁夫」指尖傳來的顫抖卻讓她覺得，這個「漁夫」自己也在忍耐著巨大的疼痛。

沈璃已經連著三天沒有恢復視覺了，先前在牢裡便罷了，左右不過是被鎖著，看不看得見，聽不聽得到也沒什麼要緊。但她現在卻是在外界，一個陌生的地方，她亟需瞭解周圍的環境，這是哪兒，安不安全，離魔界多遠，離她逃出來的地方又有多遠。

最重要的是，她想知道，身邊這人，到底是誰……

她現在沒有法力，探不出對方的深淺，只能通過偶爾通暢的五感瞭解一些零散而淺薄的資訊，比如對方是個男人，應該是個漁夫，他不愛說話，這三天裡，便是聽覺恢復的時候，也沒聽他說過什麼話。就她目前的感覺來說，此人應當無害，但對尚未「見過面」的人，沈璃心裡還是存了三分戒備，而且，最讓沈璃不解的是——他為什麼要救她？

不圖財也不為色，沒有計較地付出，在現在的沈璃看來才是最令人生疑的地方。

外面有腳步聲傳來，沈璃睜開眼，眼前仍舊一片漆黑，手腳上的玄鐵釘讓她動彈不得。此時她便是個廢人，只能躺在床上由人伺候，這件事讓她感覺極為無力，甚至心想，待她走時，定要將這「漁夫」殺了，絕不讓此事再有別人知曉。

有細微的聲響傳來，這個人動作很輕，倒不像那些粗魯的山野村夫，沈璃嗅到食物的味道，應該是要吃飯了。「也不知是中午還是晚上……」她無意識地嘀咕，本來沒打算讓人回答，但那邊鼓搗東西的聲音卻是一頓，一個稍顯沙啞的男聲道：「午時。」

這個聲音陌生得緊，沈璃愣了一瞬，恰逢今日能說能聽，便繼續問：「這是哪兒？」

「海邊。」他一頓，又補了幾個字，「東海邊上。」

墨方竟是把她送到了東海邊上，他難不成指望有誰還能將她撿回去嗎……魔族的行事作風，墨方和她都清楚，一旦確認的事便不會再對其抱有任何不切實際的幻想。她失蹤已這般久，魔君定是認為她死了，哪裡還會派人來尋她，至於天界……約莫沒人會來尋她吧。沈璃不由自主地想到行止。

雖說她遇見行止之後，好似每次戰鬥都會受傷，但每次行止也都恰好救了她的命，而這次……

一勺米羹放在沈璃嘴邊，其味清香，沈璃頓覺腹中餓極，覺得這米羹雖沒行止做得好，但一個凡人能做成這樣也相當不錯了。她動了動手指，道：「我自己來。」可她肩頭一動，剛要起身，身體便已痙攣，四肢像石頭一樣讓她墜回石板床，令她動彈不得。她今天感覺不到痛，只有一股無力和挫敗的感覺從心底升起。

碧蒼王沈璃……何時有過這般狼狽之態。

一聲輕嘆，「漁夫」將米羹餵到了她嘴裡，別的什麼話也沒說。

沈璃靜靜喝完「漁夫」餵來的米羹，一碗喝罷，對方道：「還吃嗎？」

沈璃沉默了許久，答非所問：「這四根玄鐵釘，是內外復合而成，由外面的玄鐵將裡面的鐵芯包裹住。當時他們先以內部鐵芯穿過骨肉，而後再將外部玄鐵旋合而上，將兩者扭緊，一頭一根鐵鍊，方可致我無法掙脫。」她語氣淡漠，聲調幾乎沒有起伏，就像被穿骨而過的人不是自己一樣，「這幾日外逃顛簸，旋鈕已有所鬆動，我欲求你幫我將這四根玄鐵釘擰開，其間或許場面有些難看，但若事成，本王願承你一願，以此為報答。」

對方半天也沒有應聲，沈璃在黑暗中看不見對方的表情，也不知對方要如何回答，便覺時間過得更久。

「好。」他短短應了一個字，卻像是下了比她更大的決心一樣。

「如此，趁著我今日察覺不到疼痛，你便幫我擰了吧。」

「漁夫」將別的東西收拾了一番，先在沈璃床邊放了一盆熱水，而後才將手放到她手腕之上。沈璃笑道：「沒想到你做事倒是細緻，你可有修道的念頭？若想成仙，待我傷好，還是可以給你尋點門路。」

對方一聲輕笑：「我卻認為，修仙道卻不如如今自在。」

沈璃似有所感：「仙人們是極自在，那天界最不自在的……怕僅僅是那一人……」

放在沈璃手腕上的指尖微微一顫，那人沒再說話，握住沈璃手腕兩頭突出的玄鐵試著擰了擰，那旋鈕果然有所鬆動，若再使點力，便是凡人也應能輕鬆擰開。

「漁夫」鼓搗的這兩下已讓沈璃額上滲出了薄汗，她閉上眼睛，調整氣息：「盡快。」她不會痛，但身體卻有個極限。

對方用了勁，擰鬆了玄鐵釘與其中鐵芯，沈璃已青白的手腕上微微滲出幾滴血，像血液都快乾涸了一樣。若再晚點時間取這東西，她的手腳怕是再也無法用了吧。

一個手腕上的玄鐵釘被抽出，重重地砸在地上，玄鐵似極熱，落在地上只聽「嗤」的一聲輕響，白氣升騰，而後又迅速涼了下來。那人卻似毫無感覺一般，繼續空手擰開沈璃另一隻手腕上的玄鐵釘。

然而沈璃此時渾身痙攣，哪兒還有時間注意這些細節。

她只覺身體裡的血液在極快地流動，心跳快得像要炸掉，呼吸極為困難，大腦也漸漸混沌，在她本就漆黑的世界裡，添了許多亂七八糟的畫面。

她好似看見自己極小的時候魔君教她槍法與術法，而在她們旁邊有一隻眼陰森森地看著她們，沈璃莫名地心慌，她退了兩步，竟有了轉身就跑的衝動。然而她一轉頭，卻見墨方已站在她的身後，目光冷冷地看著她，在墨方的背後，那隻獨眼陰魂不散地飄在那兒，與墨方一同冷冷地看著她。然而不知從什麼時候起，墨方的眼神漸漸變得與初時有些不同，但那隻眼睛透出來的光卻越來越冷。

沈璃心頭一緊，轉身往另一個方向跑去，前方的路像是沒有盡頭，只是無盡的黑暗，在她身後，詭譎的笑聲不斷傳來，像是要將她逼入絕境一般。沈璃跑得都快喘不過氣來了，她索性停住腳步，手一揮，欲抓住銀槍與來人一戰，但只聽「咔嚓」一聲，兩段斷槍落在身前。

沈璃一愣，身後的笑聲越逼越近，沈璃一咬牙，回過頭，待要看看到底是何方妖孽時，笑聲驟停，周圍氣息一靜，一瞬間，什麼東西都沒有了一樣，但是她跟前卻有一條縫隙，裡面有風輕輕吹出。

沈璃慢慢仰頭一望，卻發現這裡竟是墟天淵的大門，與她那天晚上獨自去墟天淵時看見的一樣，沒有瘴氣滲出，只有一條縫隙。

忽然之間，縫隙之中那隻獨眼猛地飄了過來，目光森冷地盯著沈璃，駭得沈璃倒抽一口冷氣。

「吾必弒神……」

他陰森森地開口：「吾必弒神！吾必弒神！」其聲越來越大，震得沈璃心神難寧。「閉嘴。」她難受地擠出兩個字，卻見有黑色的瘴氣從墟天淵的大門縫隙中飄出來，沈璃被瘴氣逼迫得向後一退，那聲音越發大了起來，沈璃大喝：「閉嘴！」她雙眼一紅，周身升騰起赤紅烈焰，好似要將所有的一切都燃盡。

「沈璃。」一聲微帶清冷的輕喚從另一方傳來。她雙目赤紅，往旁邊看去，還是那個葡萄藤架下的小院，青衣白裳的男子躺在竹製搖椅上對她伸出了手。「來，晒晒太陽。」他說得那麼輕描淡寫，就像沒看到她這邊的混亂一樣。

沈璃愣愣地望著他，然後側頭看了看自己周身的烈火，她搖了搖頭：「我不過去，我會害了你。」

那邊的人臉上笑容未減，但果然收回了手。

沈璃靜靜垂下頭。

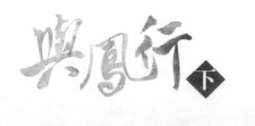

赤焰灼身之中，她忽覺一絲涼爽之意覆上周身。她呆怔著抬頭，那人卻已換了一身衣服走到她跟前，然後笑著將她摟進懷裡，他輕輕拍著她的後背，像安慰孩子一樣安慰她：「我很厲害，沒事。」

沈璃眼中的赤紅慢慢褪去，她知道自己應該離開這個懷抱，她的責任和他的責任都逼迫著兩人漸行漸遠，但是……願上天仁慈，原諒她這一刻的無法掙脫和不管不顧。

就讓她……做完這一場夢。

她放鬆身體，任由行止抱著，在這一片空無的漆黑當中，好似要融進他的身體……

沈璃睜開眼，陽光有些刺眼，她看見一人坐在桌旁的椅子上。

他隻手撐著腦袋，正沉沉地睡著，寬大的白袍拖了一地，青玉簪鬆鬆地綰著幾縷青絲，披散下來的髮絲遮了一半的臉頰，逆光之中，他美得不像話。

有哪個……漁夫……能長得如此慘絕人寰地好看……

沈璃心緒一動，一時竟不知自己該做什麼表情，而長久的呆怔之後，她竟默不作聲地咧嘴笑了出來，心道：「行止啊行止，我還真的又被你撿到了啊，上天當真不仁，竟許咱倆如此孽緣！」

她四肢的玄鐵釘已被盡數取出，傷口處裹著白色的布條，不是人界的布料，看樣子，這布料當是從他衣服上撕下來的。四肢的傷口皆有涼涼的感覺，是已經被他治療過了。

沈璃轉過頭，閉上眼，不再看行止，她怎麼會不知道行止在想什麼。他篤定，若是沈璃知道照顧她的人是自己，必定會立即要求離開，就像那天打偏他的手那般決絕。

他們都那麼清楚對方身上的責任，也都能猜到對方會做怎樣的選擇。

但是……

行止未曾想過，碧蒼王沈璃，並非無心之人，她……也會軟弱，也會想要沉溺於溫暖。

沈璃不睜眼，權當自己現在沒看到這樣的行止，權當自己方才的夢還在繼續，權當上天仁慈，原諒了她這一刻的放下責任，不管不顧。

能不能……在傷好之前，讓碧蒼王不再是碧蒼王，她願只做沈璃，被一個聲音沙啞、沉默寡言的「漁夫」從沙灘上撿回了家，然後平平靜靜地過一段凡間日子。

沈璃聽著行止緩慢地踏著腳步去屋外燒水，估計著他快燒好水時，忽而自言自語：「今日倒是能視物了，不想你一個漁夫，家倒是布置得挺好。」

白色衣襬在門的一側一閃而過，那人影倏地往旁邊躲去。

沈璃聽到一陣丁零噹啷的雜亂聲響，想是外面的人慌亂之中，打翻了盆又灑了水，場面應當窘迫得緊。

沈璃等了好一會兒，外面也沒個聲響，但她卻能想像到行止那副皺著眉頭，搖頭苦笑的模樣。

真是令人……備感舒暢。

沈璃側頭向裡，彎了嘴角，還沒偷樂夠，便有人踏了進來。她轉過頭來，看見的卻是一個身著粗布麻衣皮膚黝黑的青年，當真像是常年在海邊勞作的漁民一樣，沈璃眨了眨眼，聽他用這幾日她聽慣了的沙啞聲音道：「姑娘眼睛好了？」

沈璃將他上下細細打量了一遍。「我這五感，時好時壞，今日味覺、嗅覺、觸覺都消失了，但卻能聽能看，還能說話，算是幸運的一日。」

青年眉頭微皺：「為何會如此？」

「具體緣由我也不大清楚。左右現在也無法，便先如此將就著吧。」沈璃盯著他的眼睛，道：「多謝公子將我四肢內玄鐵釘取出，實在勞煩你了，沈璃本不該繼續叨擾，但我現今仍舊動彈不得，恐怕還得託你照料幾日。」

他輕描淡寫地「嗯」了一聲，隨即坐下來，拿了個茶杯準備喝茶，但恍覺如今自己不該應得如此理所當然。他拿著茶杯的手一頓，琢磨了一會兒，輕咳一聲道：「我每日要出海勞作，姑娘傷勢重，前幾日為照顧姑娘，我已耽擱了不少時間，這後幾日可不能再耽擱了。」

沈璃微微動了動嘴角：「我給你一筆花銷便是。」

「並非錢財的問題，而是逝水光陰，妳耽擱的，可是在下的生命啊。」

沈璃喉頭一噎，心想自己就不該應他的話。哪承想她現在已用沉默相對，行止還是厚顏無恥道：「不如這樣，先前姑娘應了在下一個願望，然而萬事總要成雙成對的才好，妳不如再應我一個願望，如何？」

「你要什麼？」

「在下現在便是說了，姑娘怕是也做不到，便先留著吧。如此我也可以盡心幫妳養傷。」

沈璃側頭看了他許久：「公子原是如此話多之人。」

「玄鐵釘取之前，姑娘像個多說半句話便能氣絕而死的人，我自是不敢多言。而如今……」他一頓，終是喝到了手中的茶，茶杯的杯沿掩蓋了他脣邊的弧度，「這不是為了誆姑娘答應我許願嘛。」

便是沈璃不答應，他也不會將她扔出去，沈璃心裡清明極了，但她卻還是望著他的側臉應道：「好，我承你雙願。只要沈璃力所能及，定助你達成所願。」

他放下茶杯，脣邊的弧度還是如往常一般，但只笑了一瞬，他稍稍轉過頭，背著沈璃，抿了抿脣，抹掉脣邊的笑，道：「我煮了魚羹，姑娘可要嘗嘗？」

沈璃點頭，雖然，對今天的她來說，吃魚羹與喝白水都一樣……

沈璃在這小屋裡住了些時日，她的四肢傷得太重，好得比往常慢許多，她的五感也還是沒有恢復。她告訴自己不要急，但每每吃飯都要人餵的時候，她便恨極了苻生，更重要的是……

「我要如廁……」沈璃硬邦邦地說出這話。

其實這事他們之前做過很多次了，只是之前不知道他是行止，沈璃只當是個普通漁民，回頭傷好，殺了他便是。但現在知道是行止，其一，她傷好了也殺不了他……其二，她……好歹也還是會害羞的……其三，行止，他是神君啊，是該讓人供起來的人，他本不該為任何人做這種事……

在沈璃的思緒還在複雜爭鬥的時候，行止卻習以為常地將放在牆角的夜壺拿出，他特地為沈璃改了改，方便她現在的身體使用，讓她可以坐在上面。

行止探手到沈璃的被子裡，將她的腰帶鬆了，然後把褲子往下拉了拉。沈璃的衣襬長，他先在被子裡把她的衣襬理了理，然後才將她從被子裡打橫抱出，放在夜壺上，讓她坐好，最後面不改色地出了門。

沈璃坐著調整了許久情緒，然後才放鬆了自己。但最後清理一事，她是打死也不會讓行止來做的。拚著裂開傷口的疼痛，她自行清理好了，然後下垂著腦袋喊：「好了。」行止便又從屋外進來，再將剛才的事反著做了一遍。

他給沈璃蓋上被子的時候，看見她手腕上有血漬滲出，他眉頭微不可見地一皺，嘴角動了動，但最後卻什麼也沒說。

每次這事之後，沈璃總要彆扭一段時間。行止將她安置好了便將空間留給她，自己則去院子裡，其實他沒什麼事要做，只是看著房間裡發呆。

又過了些時日，沈璃勉強能下地走路了，她心頭難免有些急功近利地想讓自己能跑起來。只是她現在走兩步還是會摔倒，碰見沒有觸覺的時候倒還好，也不痛，爬起來繼續走就是；但觸覺一旦恢復，她若是摔在地上，摔的地方不同，四肢關節可是鑽骨地痛，饒是她再能忍，也要在地上緩個好半天。

而她每次在屋子裡練習走路的時候，挑的皆是行止不在的時候。她已經夠狼狽了，不能在別人面前，尤其是行止面前更狼狽下去……

行止不在的時間越來越長，早上吃了早餐便不見人影，沈璃也日日不停地鍛鍊著四肢，但筋骨的恢復速度哪兒是她強迫得來的。

這日沈璃視覺沒有恢復，她摸著桌子走。待走得累了，她想倒點水喝，摸到了桌上的茶壺，但卻發現自己的手指並不受自己的控制，她用盡全力想握緊壺柄，但卻始終使不上力。

比恢復走與跑更難的是恢復手指的靈活度，那些細小的筋骨恢復不全，拿一個茶杯，握一雙筷子，比走路跑步困難百倍。

沈璃此時有些陷入了執念，她拚命地想握住壺柄，但卻一直無法成功，若是如此……若是如此，她以後還如何握得住槍，如何護得住族人？她手臂一碰，將旁邊的茶杯碰倒在地，碎裂的聲音如此刺耳。

門外有急促的腳步聲傳來，沈璃心中有怒氣，一揮手，將桌子上的東西皆拂了出去。「滾！」

門打開的一瞬，茶杯摔在門框上，碎裂的瓷片擦過來人的眉骨，血立時淌了出來。

而行止卻連眉頭都沒皺一下，兩步邁上前來，一把攬住快要摔倒的沈璃，將她扶到床邊坐好。埋頭的一瞬，眉間的血落了兩滴在沈璃的手背上，看不見的時候，她的觸覺總是比往常更靈敏一些。待他轉身要去清掃地上的碎片時，沈璃卻一把拽住了他的手。

行止回頭看她，沈璃嘴角動了動，卻一直沒說出話來，但拽著他手的手指越來越緊，一絲也不肯放開。行止索性在她面前蹲下，微微仰頭看她：「怎麼了？」

沈璃沉默了許久，扭過頭，微微下垂了腦袋：「傷……傷到你了……抱歉。」

知道今天的沈璃看不見，他在她跟前輕輕笑開：「沒事。」

饒是他如此應了，沈璃也沒放手：「身體原因……我最近有些急躁。」

「嗯。」

兩人沉默下來，不知多久後，沈璃鬆了一隻手，摸到行止的臉，伸出食指在他臉頰上戳了戳：「傷的這裡？」

行止任由她的手指在自己臉上亂戳，也不給她指個地方，只笑咪咪地回答：「不是。」

「這裡？」

「不對。」

「這裡？」

「也不對。」

察覺到他好似在逗自己，沈璃微微一怒，狠狠一戳：「這裡！」指尖傳來溼潤的感覺，但聽行止一聲悶哼。沈璃收回了手。「抱歉……戳到你眼睛了……」

行止一聲嘆息，握住了她的手，放在眉骨上。「是這裡。」

好像流了不少血……沈璃問：「痛嗎？」

行止沉默了一會兒，點頭：「痛。」像被快刀割過一樣，涼颼颼的痛之後又是火辣辣的痛，一如心裡的感覺。

沈璃沉默下來：「我盡量……控制自己的脾氣。」

「不用控制。」行止輕聲道：「在這裡，不用控制。」他想讓她肆意妄為。

發了通脾氣之後，沈璃冷靜下來想想，強求無用。她每天還是堅持練習，但卻不再那般急功近利了，如此練下來，身體倒還恢復得快一些。而她的五感時好時壞，在沒有觸覺的時候，她便著重於練習視覺、聽覺；沒有聽覺的時候，她的嗅覺便被鍛鍊得更加敏銳。不久之後，沈璃的五感倒出人意料地均有提高，這對沈璃來說，倒是塞翁失馬了。

終是有一天，沈璃不用扶著椅子、桌子，自己也能穩穩當當地走路的時候，她突然想去外面看看。在毫無預計的情況下，她推開門，一步跨了出去。

便是這一步，讓她看見了站在院子裡的行止。他什麼也沒做，以一個海邊青年的模樣站在陽光裡，靜靜地與她打了個照面。

他從來沒有離開過。

他一直用他的方式無聲地陪著她。

「我餓了。」沈璃如是說。

「我煮了魚湯。」

很普通的對話，卻讓人心窩也暖了。

第十九章

世上竟有比你還老的妖怪

自那以後，沈璃生活全能自理了，行止便當真離開了院子。他早上早早地做了早餐放在桌上讓沈璃起來吃，自己便收拾收拾，當真與附近漁民一同出海打魚去了，中午的時候又獨自折返回來，提著早上打的魚，架柴燒火，給沈璃煮上午餐。

在嗅覺恢復的時候，沈璃總能嗅到他身上有海的腥味，只是與初時那種味道不同。那時他身上盡是海風的味道，不摻雜半點魚腥，就像是他在海上閒著吹了幾月的風一樣，而現在身上什麼味都有：鹹味、魚腥味、血腥味……

他是很認真地在做一個漁民……

就像他投胎成凡人一樣，雖然帶著天界的記憶，但他也只專注著做那一世凡人該做的事。

如此隨遇而安的心態，著實讓沈璃佩服。

沈璃近來閒得無聊，早上待行止走後，她在院子裡轉了兩圈，覺得實在沒意思，索性邁出了院門，想去看看附近漁民素日到底是怎麼勞作的。她現在還走不快，所以當她走到最近的一個漁村時，早上出去打魚的人已經回來一批了，他們將各自船裡的魚往船外面卸，唯獨行止站在自己的船上，看著一船的東西，似有些頭疼地揉著眉心。

沈璃有些好奇，她走上木棧橋，走到行止停放船的地方。「沒打到魚嗎？」話音未落，沈璃一眼便瞧到了他船上的東西，一船的珍珠蚌和奇珍異寶，但沒一個是能吃的。

沈璃如今法力尚未恢復，所以察覺不出行止身上的神明氣息，但龍王可不是什麼笨傢伙，知道神君在自己的海上撒了網，豈會放過這個送禮的好機會。想必行止即便網住了魚也被龍王拽了出去，換了這麼一堆東西上來，沈璃忍不住「噗」的一聲笑了出來。

行止本還有些不快，但見沈璃笑了，他便也彎了眉眼：「妳怎麼來了？」

「我想看看魚是怎麼打的。」沈璃指著他沒有一條魚的船，道：「不過看來你今天沒有打到魚啊。」

行止點頭：「沒錯，我今日故意網的這些東西。」

這人說謊還真是連草稿也不打，沈璃在木棧橋上坐下。「我看看，這麼多寶貝，拿幾個去賣錢唄。」

行止搖了搖頭，只撿了幾個珍珠蚌。「太多了，拿來也無用，下午我便扔回海裡去。」

「可別！」沈璃喚住他，「我先選幾個！」她忙著往漁船裡跳，行止來扶她。適時身後來來回回的漁民走得急，有人沒注意撞了沈璃一下，沈璃便直直撲了下去，一頭栽進行止懷裡，被他抱了個結實，胸膛貼著胸膛，幾乎能感受到對方的心跳。

這個擁抱，一如夢裡那個擁抱，溫暖而令人感到無比安全。

太過真實的擁抱，太瘋狂的心跳，沈璃被自己的心跳震得惶然回神。

她用力推開行止，自己卻險些被身後的漁網絆倒，行止探手將她抓住，語帶幾分嘆息：「如此莽撞，若掉進水裡，又得仰仗誰去救？」

話一出口，行止自己先愣了一愣，他扭過頭，不自然地咳嗽了兩聲。沈璃卻似沒聽見他的話一樣，只垂頭看著船裡的珍寶道：「我不客氣，自己選囉。」

行止有些驚異地看著沈璃的側臉，繼而柔和了目光。「嗯，若是看得中，便都給妳吧，不還回去了。」

沈璃翻找蚌殼的手一頓，她雖在天界待的時間不久，但也知道行止是個素來不收禮的人。這龍王送來的東西揀一兩個是意思意思，給龍王一個面子，但若全收了，那意味便不大一樣了。

沈璃沒有應他，只埋頭找了一會兒，一船珠光寶氣中，就只有一塊似玉非玉的白色圓石頭看起來稍微質樸一些，沈璃揀了它，道：「看來看去就這石頭對我眼，我就要它了，別的都隨你吧。」

行止點了點頭：「我先拿珠子換幾條魚，咱們便回家吃飯吧。」

兩人剛爬上木棧橋，行止就拿著珠子找人換魚，可他剛與一個老實的漁夫說了兩句話，旁邊便傳來一個陰陽怪氣的聲音：「這位小哥撈的又是蚌殼啊。」

那人走上前來，惡狠狠地瞪了老實漁夫一眼，漁夫手裡的魚都要遞給行止了，被他如此一瞪，漁夫手一縮。那人卻逕直推了漁夫一把，嫌棄道：「去去去，不長眼的東西擋老子的路。」

漁夫忙拿了魚，抱歉地看了行止一眼，然後趕緊離開。

行止的目光這才慢悠悠地落在那人身上，他不動聲色地笑著，又見那人提了提褲腰帶，道：「你怕是不認識我，我是村長的長子王寶，我見小哥日日都拿蚌殼換魚，想來你是不喜歡蚌殼吧，正巧，我那兒有不少魚，你與我換便是。這些蚌殼，啊，還有你船上的那些，都給我吧。」

「不換。」行止淡淡道：「我要扔掉。」

他說的確實是實話，但是聽在王寶耳裡卻生出了另外一個意思，他聲調微揚：「大膽！我是村長長子！你為何將那些寶物扔掉也不肯給我！你對我有意見？你對我有意見便是對村長有意見！小心我讓你吃不了兜著走！」

沈璃在行止身後微微瞇起了眼。她見不得仗勢欺人的傢伙，剛想出聲訓斥，行止將她手一拽，似沒看見眼前囂張跋扈的人一樣，拉著沈璃便要走。

王寶大怒，一竄身攔到行止面前。「站住！沒聽見大爺和你說話嗎？」他話音一落，目光恰好落在行止身後的沈璃身上，沈璃今日著的是行止給她拿來的棉麻白衣，因著有傷，一身煞氣斂了不少，面容憔悴，倒顯得有幾分柔弱。那人登時目光一亮，上上下下將沈璃打量了一番。「你這不知禮數的東西討的媳婦倒是不錯啊。」

沈璃一聲冷笑，若她沒有受傷，這出言不遜的傢伙怕是已經被她踩在腳下。

「你眼光不錯。」行止聲音淡淡的，比往常多了幾分寒意。沈璃有所察覺，在她看來，行止本是個從不將內心真正情緒流露出來的神，便是偶有流露，也是他選擇性地讓人感知的情緒。但此刻，沈璃卻敏銳地察覺到，行止的情緒並不是他理智選擇之後所表露出來的。

「你該感謝你有這麼一雙眼睛。」話音未落，行止一拳揍在王寶臉上，逕直將他打暈在地上，王寶連掙扎也沒有，便暈了過去，他臉上被行止揍過的地方腫了老高。行止眼也沒斜一下，一腳踩上他的臉，面不改色踏了過去。

沈璃愣愣地看著行止，這樣怔然的注視一直持續到行止面無表情地牽著沈璃回了院子。行止終是開口：「我可是也被打腫了臉？妳怎麼一直如此看我？」

沈璃這才眨了眨眼，愣道：「不，我只是……沒想到你會用這麼直接的方式。」

行止他……不應該是在背後使陰招的那種人嗎……

行止一頓，眼底滑過幾絲複雜的情緒，他隱忍了一會兒，轉頭看沈璃：「他輕薄妳。」

沈璃微怔，道：「呃……算是……」

「換作妳，妳會怎麼處理？」

「揍暈了事……」

「如此，我只是選擇了妳會選擇的方式。」他轉過頭去，輕咳一聲，似有些不被領情的委屈，小聲嘀咕道：「我本以為這樣妳會更高興一點。」

沈璃看著他的背影，有些愣神，待反應過來他話裡的意思，沈璃臉頰驀地泛紅……他這是……討好她的意思嗎……

「高……高興。」她道：「其實，是高興的。」她默默垂下眼瞼，看著地面，素來堅定冷硬的目光變得柔和了。她心裡的情緒像是海浪，一波湧上一波又退去，溼了所有情緒，但沈璃也知道，行止或許只有披上這層外衣，才能如此對她好吧。他想讓她肆無忌憚，又何嘗不想讓他自己自在一段時日呢……

入了夜，沈璃還未睡，耳朵忽然動了動，她這幾日聽力敏銳了許多，聽聲辨位比先前更加精確，她聽見有人進了院子。約莫有四個人，但一聽這腳步聲，沈璃便知道來者連武功都沒練過，她躺在床上繼續睡。

行止的院子，在晚上的時候怎麼可能沒有防備……

果然，那四人還沒走進主廳，忽聞兩聲悶哼，好像是有兩人已經倒下，另外兩人一慌，氣息大亂，分頭亂跑，其中一人衝進了行止的房間，沈璃只得一聲嘆息，另一人則向她這邊衝來。房門被打開，沈璃眼也沒睜，只嗅到了他身上的味道，便猜到此人是今日白天遇見的那仗勢欺人的王寶。

他喘著粗氣，像是被嚇得不輕。但喘了一會兒之後，他好似看見了床上的沈璃，他慢慢靠近，待走到床邊，沈璃聽見他「咕咚」一聲嚥了下口水。沈璃心下覺得噁心，睜開了眼，目光寒冷似冰，映著窗外透進來的月光，殺氣逼人。

王寶被她的眼神駭得往後一退，待反應過來，他立即道：「美人別叫，美人別叫！」他見沈璃果然沒有開口，心裡稍安，又道：「你們竟是分房睡嗎？」他做了悟狀。「我……我是村長長子，比妳那只會打魚的夫君不知強了多少倍，不如美人妳今日便跟了我吧。」

「你怎能與他相提並論。」沈璃開口坐起身來，聲音輕細，「那豈非雲泥之別？」

王寶一愣，呆呆地看著沈璃，聽她冷聲道：「本王活了千年，頭一次被人調戲，這體驗倒是難得。只可惜你委實太噁心了，讓本王的憐惜之心都沒有了。」

「什麼千年？」王寶呆怔。

沈璃懶得再多言，逕直站起身來，揮手便是一巴掌。她如今傷勢未完全恢復，這一掌便吝惜著力氣，但對王寶來說已是承受不住，早上挨了行止那一拳，臉上腫未消，沈璃這一掌逕直將他的臉打得左右對稱。

王寶一聲哀號，往後一退，沈璃哪兒會這麼容易放過他。她伸手將他拽住，卻一個不留神抓了他的褲腰帶，王寶被拉著轉了兩圈，褲腰帶交付到沈璃手上，他褲子往下一掉，兩條腿便露了出來。

沈璃本不欲如此，但聽王寶一聲驚呼：「美人怎如此性急！」沈璃嘴角一抽，忽覺眼前一黑，一隻微涼的手掌覆在她的眼上。

背後男子一聲嘆息：「髒東西，別看。」

沈璃卸了渾身力道，放任自己倚在背後那人懷裡。待他放下手，屋裡的門大開著，彰顯出離人的倉皇，沈璃回頭看了行止一眼：「這種情況，我可以應付，不需要別人插手。」

行止笑了笑：「我知道，不過妳可以暫時選擇不應付。」

因為，他會幫她。

沈璃垂下頭，沒有說話。其實……她的身體已經那樣選擇了。

第二日，行止如往常一般早早起床出去捕魚，沈璃在被窩裡睡到自然醒，但睜開眼的一瞬，她察覺到有點不對勁。她看不見東西，聽不見聲音，也觸碰不到任何事物，鼻子沒有嗅覺，她想張嘴說話，但喉嚨卻繃得極緊，她知道自己現在定然也是說不出話的。她更是無法驗證味覺還存不存在。

她像落進了一個虛無的空間，裡面什麼也沒有，哪怕她現在被人殺了……她也不知道吧。

沈璃控制住自己的情緒，任由自己在一片黑暗之中沉浮。她沒有慌亂，只想著過了這一天應該就好了，可是這一天到底有多長，現在是什麼時辰，她不知道，行止有沒有回來，看見她這樣會有什麼反應，她不知道。

天地間彷彿只有她一人，在虛無裡徘徊，像是永遠也走不出去。

她開始心生畏懼，若是她好不了了該怎麼辦？若是從此以後她就這樣了該怎麼辦？她還有許多事未做，還有許多話未說，還有那麼多的不甘……她怎能在這裡消耗餘生。

沈璃想逃離這個地方，她讓自己不停地奔跑，可在無盡的黑暗中，她根本不知道自己是不是在跑。她看不見方向，看不見道路，甚至看不見自己，不知生死……

時間好像過得極快又極慢，她不知在黑暗裡待了多久，耳邊忽然能聽到一些輕微的聲響了，有人在喚她：「沈璃，別怕，我在這裡，別怕。」那人如此用力地壓抑他的情緒，但沈璃聽出了他話語中的心疼，那麼多的心疼，像要淹沒她一樣。

鼻子嗅到外界的味道，他身上的海腥味，還有一絲極淡的幽香，是行止特有的味道，屬於神明的味道，那麼讓人心安……

四肢漸漸恢復了感覺，她知道自己被擁到一個懷抱裡，被抱得那麼緊，像是在保護她，又像是在依賴她。她用力地抬起手臂，回抱住他，輕撫他的後背。

「你一直都在嗎？」她聽見自己聲音沙啞至極，疲憊得像是說不出下一句話。

擁抱更緊，沈璃感覺骨骼都被勒得疼痛，但正是這樣的疼痛，讓她心裡出奇地升騰出溫暖的感覺。「我一直都在。」他在她耳邊立誓一般說道：「我會一直都在。」

沈璃笑了笑：「那下次，我就不會那麼害怕了。」

行止喉頭一哽，一時再說不出別的話語。

從那以後，行止出門之前都要將沈璃喚醒一遍，確認她今天是不是能感知到外界事物。初始兩日沈璃還比較配合，沒過幾天，沈璃便不耐煩了，待行止喚她的時候，她只將被子一捂。

「看得見聽得見，就是觸覺沒了，沒問題，走吧走吧。」

行止伸出的手便停在空中，聽見沈璃平穩的呼吸聲，他哭笑不得地望著她，看她今日這副模樣，誰還能想到她那日被嚇成那個樣子。臉色蒼白，渾身顫抖，手腳冰冷，許是她在無意識時才會流露出那種情緒吧。

行止想，沈璃這女人，若是有半分神智，也絕不會容許自己有那般脆弱的模樣。

「家裡沒食材了，我便沒做早餐。我現在去集市買些食材，不久後便回來，妳餓了便先拿水把肚子騙著。」

被子裡悶悶地應了兩聲。

行止搖了搖頭，出了門。

然而行止沒走多久，沈璃便醒了，掀了被子躺在床上愣愣地發呆。她覺得，自己如今對行止投入的感情實在太多了，多得幾乎都不受她控制了。她現在想的是，等過完了這段時間便將所有感情都收回，但是……真的能收回嗎？

從未對人許以如此多的依賴，沈璃有一種引火焚身的危機感……

她一聲嘆息，再也睡不著了，索性掀了被子，下床刷牙洗臉。然而剛走到院子裡想打水，忽聞幾聲輕微的動靜，沈璃目光一凝，知曉今日來人絕非像前幾日那個痞子一般無用。她沉了眉目，微微側過頭：「來者何人？」

「簌簌」幾道聲響落定，院子裡站了五名黑衣人。「王爺可讓我們好找。」

沈璃轉過身去，目光森冷，盯著說話的那人，將他看得打了一個寒顫，那人立即衝旁邊的人使了個眼色，周圍幾人皆嚥了口唾沫。沈璃先前將荇生燒傷，滅了他們的同伴與數十個魔人的事蹟大家也都聽過，她在地牢中的慘狀他們皆是見過的，傷成那樣的人，如今四肢完好地站在他們面前，難免讓人心生驚懼，眾人一時皆不敢上前。

為首的那人一咬牙，道：「怕什麼！苻生大人說她如今必定未恢復法力，不過是廢人一個，此時找到她卻不抓她，你們都想回去受刑不成！」

最後一句似刺破了眾人心中的恐懼，幾人相視一眼，剛想動手，卻聽沈璃一聲冷笑：「你們主子可有教過，形勢不明，切莫妄動？」

幾人心中本就沒底，被沈璃如此一說，更是一慌，為首那人喝道：「她必定是在唬人，動手！」

橫豎都是死，那幾人心中一狠，抬手吟口訣，一道白氣自他們指尖溢出，慢慢在他們身前凝聚。待得他們口訣一停，但見那白氣竟凝華為箭，密密麻麻地向沈璃扎來。

躲不過，沈璃知道，她站著未動，卻在千鈞一髮之際，一道屏障驀地在她身前落下，白色的衣袍被撞擊出的風吹到沈璃臉上。

塵埃落定之後，行止穩穩地擋在沈璃身前，神色冷淡。

對面幾人愕然：「不可能……他竟然揮手間便擋下了止水術……」

「止水術？」行止一笑，「你說的可是此術？」行止一揮衣袖，極寒之氣滌蕩而出，卻讓人看不見形狀。待反應過來時，那為首的黑衣人已經被凍成了一座冰雕，連氣也沒多喘一下。

「宵小之輩竟妄圖習神明之術。」行止聲音一如往常地淡漠，聽在耳朵裡卻令人膽寒顫慄。「滾回去告訴苻生，神行止，他日必登門拜訪。」

「行……行止神君……」

一人被嚇得腿一軟，往後一踉蹌，逕直摔倒在地。另外三人嚇得打冷戰，忙連滾帶爬地跑了。摔倒的那人爬起身來也往外面跑，行止卻是一聲喝：「站住。」

「啊……啊……」那人雙腿打顫，褲底沒一會兒溼了一大片，竟是嚇尿了……

「將此物搬走。」他指著那冰雕，黑衣人忙不迭地點了頭，拚命扛起那冰雕，狼狽地走了。

沈璃在他背後看得目瞪口呆：「我征戰沙場多年，卻不知一個名號竟能將對方嚇成這樣。你這名號，果然威風啊。」

「威風又如何，先前該起作用的時候，我卻沒來得及趕到，致使妳傷得……」行止一句話淡漠中略帶隱恨，他話沒說完，兀自把後半句嚥了下去。沈璃那本是一句玩笑話，哪承想卻勾出行止這麼一句，聽得她微微怔神。

她隱約覺得，自她受傷以來，行止似乎與以前不大一樣。這樣的話，換作先前，他怕是無論如何也不會說出口吧。

沈璃無言，院子裡靜默了半晌，行止問：「我的身分……妳先前便已經知道了？」

沈璃微微一怔，打啞謎一樣說道：「你不是早就知道我知道了嘛。」

行止靜默。

有些話雙方心知肚明是一回事，挑明了說出口卻又是另外一回事了。

行止如今再扮不了那個平凡的漁夫，而沈璃也不再是那個寄宿在「漁夫」家的沈璃，他們一個是天外天的行止神君，一個是魔界的碧蒼王，沈璃擔負的是守護魔界的責任，而行止的生死更是關係著三界安危。如今苻生的追兵已來，他們也該從那場夢裡醒過來，是時候面對別的事情了。

「我現今身體已好得差不多，只是法力尚未恢復，在人界待著也不是辦法，勞煩神君改日將我送回魔界吧。」

行止看也沒看她，一口拒絕：「不送。」

如此乾脆俐落的回答聽得沈璃一愣：「為何？」

行止像耍起了賴皮一般，一邊往屋子裡走，一邊道：「不想送，王爺若有本事，自己回去吧。」

沈璃微怒：「我這個樣了，你讓我自己怎麼回去！」她現在連魔界入口在哪兒都探察不了，更別說騰雲駕霧，穿梭於兩界縫隙之中了，「你這是在為難我！」

行止一笑：「王爺看出來了。」

沈璃一默，深吸一口氣道：「我想回魔界。第一，如今事態紛亂，且不說魔界外憂內患，天界最近氣氛也是緊張得很吧，天界和魔界正是加強聯繫的時候，我這副身子回去雖做不了什麼實事，但與拂容君的婚約還在，此時辦了婚禮，必定能稍稍消釋一下兩界間的嫌隙，對雙方都是件好事；第二，魔界或許有恢復我法力與五感的法子，總好過在這裡乾耗……」

「第一，取消了。」行止倒了一杯茶，輕聲道：「碧蒼王與拂容君的婚約取消了。」

沈璃愣住：「什……等等！為什麼！」在她拚命想逃婚的時候，他們被死死綁在一起，但當沈璃終於看開了、想通了時，這人竟告訴她，她與拂容君的婚約……取消了？

「三界皆知碧蒼王沈璃戰死。」行止淡淡道：「天君的孫子如何能與一個死人聯姻，所以，你們的婚約取消了，這也是得了天君與魔君首肯的。」

沈璃呆了一瞬，不知為何，脫口道：「拂容君那傢伙必定把嘴都笑爛了。」

行止抿了口茶，搖了搖頭：「不，他先前聽聞墨方死了，傷心欲絕，好似絕食了兩、三天。後又聽聞墨方乃是叛將奸細，他更是神傷，就差哭了。」

聽到墨方的名字，沈璃眉目也是一沉，可行止沒有給她太多細想的時間，他又道：「第二，恢復法力與五感的法子，我知曉。且此法就在人界，我本打算待妳身體再好一些再告訴妳，不過妳既然如此心急，我先與妳說了也無妨。」

沈璃心頭一喜：「當真？」她對於如今法力全、失五感不暢的現狀雖沒抱怨過什麼，但心底卻是極希望能盡早恢復。畢竟碧蒼王一身驕傲盡縛於術法武力之上，若沒有它們，沈璃便不大像沈璃了。

「由此處向北，過了北海，繞過一片冰雪平原，自會見到一座大雪山，有一大妖居於其中，她那兒有許多希罕物事供人買賣，東西或比天界更多。在那處或許能尋得令妳恢復法力與五感的方法或藥物。」

沈璃眼睛一亮：「如此，或許還可尋到一桿稱手的槍！」

行止一怔，忽然輕咳了兩聲，好似想到了什麼尷尬的事。「這倒不用尋，妳那斷槍，我已幫妳接好了。只是我將它放置於天外天，待妳傷好之後，我便帶妳去取。」

她的斷槍被行止接好了？

乍一聽這沒什麼奇怪，但仔細想想，此事實在奇怪，她是魔界的王爺，照理說，她死後的東西不是應該交由魔界保管嗎？為何行止會得到那兩截斷槍，而且還重新接好，放置在天外天？她的槍常年受魔氣薰陶，又殺人無數，煞氣逼人，與行止那一身神氣應該相沖才對。若是行止接好這槍，豈不是大損他的身體？這點暫且不論，便說他接好槍後放在天外天，魔君怎會允許？

外人不清楚，沈璃心裡卻是明白的，對魔君來說，公事上她是碧蒼王，私底下她是魔君的弟子，亦像魔君的女兒，自己孩子的「遺物」，魔君怎會輕易給人。

沈璃眉一皺，狐疑地打量行止。行止扭過頭去：「休息兩日，我便帶妳北上。」說著他起身便要走。

「喂，等一下。」沈璃喚住他，「你身上……是不是有傷？」

行止回頭笑了笑：「我能受什麼傷呢？」

對啊，他是那麼厲害的神明，他怎麼會受傷……

漆黑的房間中，一人靜靜立著，寬大的衣袍幾乎遮住了他的臉。「神行止……」他呢喃，「計畫還未成，他出現得太早了。」他側過頭，目光陰冷地看著一旁的黑衣青年。「少主，這便是你想要的結果？」

墨方只冷冷道：「別的都行，唯獨沈璃不能動。」

苻生嘲諷一笑：「少主這份仁慈，為何不在逃出魔都的時候用上！我可是清清楚楚地記得，有將軍想將你從魔人手裡『救』出來，是你用劍在暗中殺了他！彼時你為何沒有這般仁慈！」

墨方靜靜閉上眼。

苻生繼續道：「沈璃不能動。你明知鳳火珠是計畫當中不可或缺的東西，卻還將她放走！少主啊少主，兒女私情，當真迷了你的眼嗎？這數百年的付出，便如此葬送在那一個沈璃身上？若主上知曉，必定極為痛心。」

「我會找到替代之物。」墨方沉默了許久後，道：「你此次欲北上去那金蛇大妖處，我聽聞她那兒有許多奇珍異寶，我自會去尋，若能找到替代鳳火珠之物，你便不可再動沈璃。」

苻生冷笑：「若尋得到，我自是不會再動沈璃。」

墨方頷首，轉身離去。

苻生靜靜坐了一會兒，忽有人來報：「大人，捉來的那一百個人類被餵過丹藥後，其中的九十五個死了，剩餘五人中，有三個完全成了魔人，還有兩個陷入昏迷。」

「殘次品，殺。」苻生揮了揮手，將來人打發走，他想了一會兒，又道：「把從行止手裡逃出來的那幾個人也拿去餵丹藥。他們習過法術，若是成了，應當更為厲害。」

「是，大人，還有一事，那北海三王子似已沒有什麼祕密可以吐露了。」

苻生點頭：「如此，便將其內丹剖取出來，與另外兩物放在一起，好生保管。」

寒風呼嘯，一扇巨大的石門嵌在山谷之間，將上山的路全部封死，許多人等在山門前，或閉目養神，或三五成群輕聲交談。

「冷嗎？」

「你覺得呢？」沈璃扒下行止給她披上的狐裘披風，放到行止懷裡，「你且自己披著吧。我覺得這溫度剛好。」

沈璃這話引起了旁邊人的側目。來這大雪山做買賣的人，誰不是有點修為在身，有的是獨霸一方的妖怪，有的是修仙門派的高手，他們的身體自是比尋常人強百倍。但此處寒冷與別處並不相同，風雪中似帶了幾分法力，扎人骨骼，便是法障也擋不住，在此處不用外物避寒，確實也太招眼了些。

行止拿著狐裘，不客氣地披上，沈璃卻等得有些不耐煩了，她望著前面巨大的石門問：「不是說天黑便會開門嗎？這太陽早就落山不知多久了，怎麼還不放人進去？」

行止看了看天色：「大概是主人……忘了吧。」

他話音剛落，火光在石門上自動點亮，石門「吱呀」一響，向裡打開，內裡階梯步步向上，道路兩旁的火把皆是自動點亮，人們慢慢往裡面擁去。長長的山道一眼望不到頭，沈璃一挑眉：「這雪山金蛇妖是什麼來頭，架子端得這麼高。我先前怎麼沒聽說過？」

行止一笑：「那只能說明妳不喜寶物買賣。」行止道：「此妖的歲數或許比我更大一些，妳跟著她擺的這些排場走，便當是尊敬長輩吧。」

沈璃有幾分詫異：「比你還老？竟是上古時候的妖！」

行止聽得沈璃前面那四個字，身子一僵，微微轉過頭來，眉頭微蹙，盯了沈璃的臉半晌。沈璃被他看得毛骨悚然，也往後看了看，最後確認行止是在盯她之後，剛想問他怎麼了，恍然反應過來，自己方才是不是脫口而出了什麼不該說的話……

「呃……」沈璃琢磨了一會兒安慰道：「我覺著，沒有哪個和你一樣年紀的人能長得像你一樣……」這話好像也不對……沈璃撓了撓頭，讓她放狠話嚇殺手她在行，但安慰人這一事，她做起來確實有點力不從心。「我是說……其實你的年齡，你不說，沒人看得出來。」

看見行止眉梢一動，沈璃扶額嘆息：「好吧，對不起，我說錯話了。」果然安慰人這種事一點也不適合她啊！

「妳介意嗎？」行止注視了她許久之後，才淡淡問道。

沈璃忙擺手：「不介意，當然不介意。」她一抬頭，卻對上了行止帶著淺淺笑意的雙眼，微微彎起的眼睛弧度，映著跳躍火光的靈動雙眸，直笑得沈璃心口一顫，心跳有幾分紊亂。

行止不再糾結於這個話題：「山路太長，妳傷才好，不宜登山，我背妳上去吧。」

他伸出手，沈璃愣了許久，猛地回過神來，她微微踉蹌地往後退了一步。「這……這怎麼行。這點路我自己走便是。」

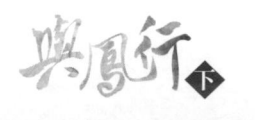

像是料到她會拒絕一樣，行止的手更往前遞了幾分。「那我牽著妳。」沒等沈璃搖頭，行止手一抓，逕直將沈璃的手納入掌心，也沒看她第二眼，一副自然極了的模樣。

沈璃從初始的驚訝到怔怔，可她再想抽出手哪兒有那麼容易，行止便像是在兩人的手掌心施了法術一樣，讓她無論如何也掙脫不開。她只有看著他的背影，跟著他的腳步，一步一步向上。他的髮絲隨著走動輕柔地拂過她的臉頰，沈璃覺得，自己眼前這個行止，約莫不是以前那個行止吧。

這樣的行止，讓她還怎麼與他劃清界限啊……

登上山頂，風雪更盛，來做交易的人們皆隨著火把的指引，進了一個像宮殿一般的大殿之中。沈璃本也隨著人潮走，行止的手卻一緊，他指了指一旁雜草叢生的小路：「我們走這邊。」

行止說得準沒錯，沈璃依言而去。果然，踏上小路不過行了兩步，眼前的景色霎時流轉，這冰雪封天的大殿頂上竟然出現了一片波光瀲灩的湖泊，而湖中央有一座極為秀麗的閣樓靜靜矗立，樓旁種著桃花柳樹，景色美得有幾分妖異，如同幻境。

「噗噗」兩聲響動，沈璃低頭一看，只見一個小女孩從地裡奮力爬了出來。她站起身拍了拍身上的灰，一條極小的尾巴在她背後來回晃動。

「前方是主人居所，閒人不可擅入！」

「勞煩通報，行止君來訪。」

小女孩望了行止許久，倏地渾身一僵，雙眼泛出青光，聲音一變，宛如妖媚女子：「唷，這是什麼風把神君給吹來了。」

沈璃被這小女孩的變化嚇得一驚，起了些戒備之心，行止回頭看她，安撫道：「無妨，是通魂術而已。」

「哎呀，神君竟還帶了個俏姑娘來，快請進快請進。」言罷，小女孩手一揮，一條泛著幽藍光芒的通道自行止腳下延伸到湖中央。

沈璃奇怪：「這金蛇大妖竟是個女子？」她一邊問著，一邊踏上那幽藍的光芒，只覺周圍場景瞬息一轉，眨眼間，他們便到了湖中央。

「為何不能是女子呢？」柔軟的聲音在沈璃耳畔響起，沈璃微驚，轉頭一看，一名身著豔麗的紅色襦裙、手執團扇的妖豔女子已站在自己身後，她笑咪咪地看著沈璃，「奴家金娘子，有禮了。」

沈璃不喜與初見之人離得太近，稍稍往後退了一步。金娘子一笑，身子飄似地移到行止身邊。「神君帶的這姑娘戒備心好重啊。」

行止亦是一笑：「在金娘子面前，自是不能放鬆戒備。」

「神君好壞，怎能這樣說奴家。外面天冷，咱們進屋細說吧。」言罷，金娘子轉身進屋。行止也欲跟隨，卻被沈璃拽住了手，她眉頭緊皺：「此人當真沒有問題？」

行止琢磨了一下沈璃話中的意思，笑問：「妳問的是哪方面的問題？」

沈璃正經地回答：「她會不會媚術之類的術法……」

行止聞言，埋下頭，竟像是控制不住一般笑了起來，他拍了拍沈璃的腦袋：「安心，我不會被勾走的。」這話太過親密，聽得沈璃臉頰微紅，行止捉住沈璃的一綹頭髮撚了撚，呢喃：「倒是……若她會媚術，要擔心的人，只怕會換成我了……」

小樓之中，雖沒擺放火盆取暖，但屋裡的溫度與屋外的溫度簡直是兩重天。行止取下狐裘，讓一旁來服侍的小女孩拿走。金娘子已在桌旁坐下，桌上擺了一個棋局，她對沈璃招了招手：「姑娘可願陪奴家下一盤棋？」

「抱歉，沈璃棋技淺薄，不獻醜了。」

金娘子一噘嘴：「好吧好吧，那神君來。」行止一笑，卻沒有動，金娘子將棋子擱下。「無事不登三寶殿，說吧，神君這是有什麼麻煩？連自己都解決不了，要來找奴家了。」

「金娘子可有法子將她治好？」

「俏姑娘病了？」金娘子緩步走到沈璃面前，她上下打量了沈璃一眼，「嗯，氣息虛弱，前段時間必定受過重傷，但是這傷勢已經恢復，應該沒什麼大礙才是。神君要我治什麼？」

「她法力未恢復，且五感時不時便會消失。」

「哦？這倒是奇事。」金娘子笑道：「來，姑娘，伸出手讓奴家把把脈。」

沈璃依言伸出手，金娘子翻起沈璃的袖子，可當她看見沈璃手腕上猙獰的傷疤之時，她微微一怔：「這……竟傷成這樣！」金娘子用手指輕輕碰了碰那些皺巴巴的皮肉，可剛一碰，她的手指便縮了回去。「姑娘的皮膚竟如此灼熱。」

很……燙嗎？

這些日子行止沒少接觸她，每一次都面不改色，她本以為自己的身體只是比尋常熱一點，不再如之前那般灼熱了，沒想到還是……會灼痛人啊。那行止……

正想著，金娘子手裡凝出了一團白氣，她這時才敢摸了摸沈璃的手腕。「不疼不疼，娘子給妳吹吹。」

一副哄小孩的架勢。這女妖……是在調戲她嗎？

沈璃嘴角一抽：「多謝，已經不疼了。」

金娘子這才認真把起脈來，沈璃只覺一股極細的氣息自手腕處鑽進體內，順著經絡，慢慢走遍全身，而在做正事時，金娘子還不忘噘嘴抱怨：「多年不見，神君倒是比起從前沒用了許多啊，連個人也護不好。姑娘家傷成這樣，也不見你心疼心疼，當真是薄情寡義。」

行止只垂頭笑，一言不發。金娘子見行止不搭理她，便又對沈璃道：「姑娘跟著他定是不開心的吧？不如妳將他踹了，跟著奴家走可好？同為女人，奴家會更貼心的。」

沈璃額上默默地淌汗，她總算知道行止入門前的那句呢喃是何意了。

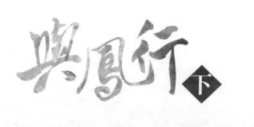

這金蛇妖……對女人的興趣竟比對男人的興趣要多啊……

「啊。」金娘子忽然沉吟道：「原來是這樣。」

沈璃抬眼望她，金娘子道：「姑娘是鳳凰之身。依奴家看，前不久姑娘定是才涅槃過，照理說不管是身體還是靈力都會有較大長進，但姑娘身體裡好似有一力量強大之物，在妳涅槃之時，劫火將此物焚化，融到妳的經脈之中，致使此物與妳身體中本來的靈力相沖，兩相抵抗，才導致妳法力暫失，五感時有時無。若長久如此，情況只會愈演愈烈，姑娘或許真的就變成廢人了。」

沈璃想到那日五感皆失時的惶然，心中一沉。

「為今之計，只有讓妳身體裡的兩股力量相互融合，疏通經脈，方能真正完成妳的涅槃重生。」

沈璃目光一亮：「金娘子可有方法？若金娘子願相助，沈璃日後必定報答。」

金娘子掩唇一笑：「奴家確實有方法，至於這報答嘛……姑娘便以身相許，可好？」

「這……」

沈璃喉頭一噎，但聞行止開口：「天外天的星辰近些年比往常更明亮一些，若金娘子治好沈璃，行止願摘星以報。」

金娘子眼睛一亮：「哎唷，哎唷，哎唷！天外天的星辰奴家數千年前怎麼求神君，神君都不肯給，這下竟如此輕易地答應了。」她眼珠子一轉，笑眯了眼：「奴家之前可算是誤會神君你啦，原來你竟將這姑娘看得如此重啊！神君你怎不早些表現出來？不然奴家哪兒敢這麼正大光明地捉弄這姑娘。」

沈璃側頭看行止，張了張嘴，想問：那些星辰，應該不能隨便摘吧？若是摘了，你會有事嗎？

行止也看向沈璃，淺笑著搖了搖頭，沈璃的所有疑問，都在行止這淺笑中嚥了進去。他不讓她開口問話，就像是在害怕問責一樣。

「成，奴家幫姑娘治病就是，只是今天天色不早了，你們上山也累了吧？先回去睡一覺，明日再說。」金娘子往回走了兩步，像是想起什麼似的，又轉頭告訴沈璃：「險些忘了說，治療一旦開始，九日之中，日日都必須接受治療，一日也不能少。若少了，前功盡棄不說，或許會讓姑娘就此命喪黃泉唷。」

沈璃抱拳：「勞煩金娘子了。」

翌日，外面風雪交加，金娘子領著沈璃與行止穿過買賣交易的大殿，殿中空無一人，想來白日這裡是不會對外開放的。殿中的稀奇珍寶陳列在案，沈璃左右張望，金娘子一笑：「這裡的東西都是奴家用來賣的，不過姑娘若是看上了，奴家倒是可以少做筆買賣，將東西送給姑娘，只是姑娘若願意將奴家親上一親，那便好了。」

沈璃嘴角一抽，身後的行止硬生生地將她的腦袋擰正，迫使她看著正前方。「走吧。」

金娘子一笑：「奴家不過是開個玩笑，神君這便吃醋了啊，真是小肚雞腸呢。」

行止推著沈璃便往前走，沒有理她。

穿過大殿，又走過一片雪地，方行至一處山洞前，金娘子轉身道：「神君該止步啦，裡面便是奴家為姑娘治傷的地方，還望神君在洞外守著，切莫放人進來。」

行止道：「我亦可進去守著。」

「這可不行。」金娘子讓手上升騰出白氣，她探手拉住沈璃，「待會兒奴家可是要為姑娘寬衣解帶的，這女子的肌膚怎能讓男子隨意看見，即便你是神君，那也不行。你若非要進來，那好，你來為姑娘治傷，我在旁守護指導，只是治療過程中必有肌膚之親，神君，你……」她眼中妖媚之氣逸出，語帶三分調戲，「你行嗎？」

行止臉上笑意未減：「如此，我在外面守著便是。」面對金娘子赤裸裸的挑釁，行止居然說出這麼一句服軟的話，著實讓沈璃大為吃驚，她怔然，又聽行止道：「但……還望金娘子也注意分寸，別做不必要的舉動，莫要……觸及底線。」

話音一落，沈璃只覺周遭寒意更盛，金娘子卻是一笑，對沈璃道：「來，姑娘，咱們進去吧。」說罷將她往一個黑乎乎的洞穴裡面引。全然進入洞穴之時，沈璃驀地頓住腳步，這裡面什麼都看不見，聲音也像是被厚厚的石壁隔絕了一般，鼻子更嗅不到任何味道，簡直像是再一次陷入五感全失的狀態中一樣，唯有手被握在金娘子的手掌裡。

「姑娘？」金娘子輕聲詢問。

「等一下……」沈璃努力調整情緒，再睜眼時，她褪去了所有脆弱，「走吧。」因為牽著她的人不是行止，所以……她得將自己武裝為無堅不摧的碧蒼王。

金娘子金色的眼眸在黑暗中一亮。她輕輕笑道：「奴家可真喜歡姑娘的脾性呢。」

繼續往前走，沈璃隱約看到了一絲微光，那是一間簡陋的石室，有一張石床，上面鋪著乾枯的稻草，在石床的後面，是一條深不見底的通道，金娘子將沈璃牽至石床邊讓她坐好，笑道：「此處乃是奴家素日練功打坐之地。」

沈璃奇怪地望著那條向下延伸的黑乎乎的通道：「那兒又通向何處？」

「那裡？」金娘子雖還笑著，但卻語帶警告，「那裡可不是活物該去的地方。姑娘知道奴家是妖，既然是妖便難免生出一些邪念，那處裝的便是奴家數萬年來剖離下來的邪念與欲望，奴家將它們封在此山深處，這麼多年也不知它們在下面長成了個什麼模樣。但姑娘若愛惜性命，便一定要記住，千萬別進去，千萬別對那通道好奇。」

沈璃點頭：「是我方才問得冒昧了。」

金娘子一笑：「無妨無妨，這本也是我要交代妳的事。那麼，姑娘，請寬衣吧。」

沈璃的手放在腰帶上，突然想起了什麼似的，她身子一頓。「要……脫光嗎？」

金娘子笑得極為開心：「脫光也可，不脫光也可，奴家不介意的。」她話音剛落，一道厲芒倏地自洞外穿進來，逕直扎在金娘子腳邊，沈璃定睛一看，那竟是一支尖銳的冰箭。

這……應當是行止弄出來的玩意吧……

「哎呀，神君生氣了呢。」金娘子咯咯笑道：「奴家險些忘了，以神君的法力，要透過法力屏障做偷聽之事，可是簡單得很。罷了罷了，姑娘，妳只脫上衣便可。」

行止……在偷聽？不知為何，一想到這事，沈璃脫衣的動作便有些難以繼續，但現在哪兒是為這種事猶豫尷尬的時候，沈璃一咬牙，扒了衣裳。待再轉頭時，金娘子已經不在石室之中，沈璃一愣：「金娘子？」

「奴家在這兒。」

只聽一陣「窸窸窣窣」的聲音，一個金色的蛇頭從稻草之中鑽了出來，她爬上沈璃的腿，纏繞住沈璃的腰，最後將蛇頭搭在沈璃肩頭上。「嗯，奴家以這副身軀，倒是覺得姑娘的體溫正好呢。真暖和。」

沈璃感覺微涼的蛇身在她身上蹭來蹭去，時而緊時而鬆，且她赤身裸體，饒是再三告訴自己要淡定，也難免有些羞赧：「不知娘子如何幫我治療？」

「說來也簡單，不過就是將奴家的法力注入妳的身體，幫妳疏通經脈，平衡妳體內的兩股力量罷了。」她正事剛說完，便開口：「哎呀，姑娘的背好多傷口，看著真讓奴家心疼。不過……奴家也好生喜歡啊，真有血性，太帥氣了。啊，不行不行，奴家不要那天外天的星辰了，奴家還是要妳。」說著，她分岔的舌頭探出，在沈璃臉頰上掃了掃。

沈璃默默推開她的腦袋，好在這人現在是蛇身，否則……她約莫會忍不住揍她吧。

「唰」的一聲破空而來的聲響，無數支細小的冰箭扎來，金娘子蛇尾一揮，將冰箭盡數擋去，在沈璃耳邊咯咯笑道：「姑娘，妳看神君多緊張妳呢。」

沈璃忍耐道：「治傷。」

「奴家開個玩笑而已嘛，你們夫婦倆真是一頂一地沒趣，哼。」金娘子微微一仰頭，「治傷便治傷，有些痛，妳且忍著。」

言罷，蛇身在沈璃身上收緊，刺痛自她頸項處傳來，沈璃似能清晰地看到鋒利的牙尖刺破皮膚時的畫面，有一股冰涼的氣息竄進經脈裡，隨著氣血的流動，游遍四肢，冰涼，但卻有一絲通暢之感。待這氣息在身體裡運轉了一個周天後，它忽然在沈璃腹部停了下來，漸漸地，一股灼熱之氣被它引了出來。

沈璃現在的身體中本沒有法力，但這股灼熱之氣出現之後，她忽覺身體裡沉睡已久的法力也跟著復甦，立即與那灼熱之氣纏鬥在一起，好似要將彼此吞噬掉。沈璃額上滲出汗水，腹部灼熱得連她也感覺到了疼痛，好似又達到了那天浴火之時，要將她自己燒起來的溫度……

金娘子纏繞在她腹上的蛇身忽而散發出冰涼之氣，抑制了沈璃腹部的灼痛，沈璃體內的那股冰涼之氣同時也起了作用，將纏鬥在一起的法力與那灼熱之氣包裹其中，以外力迫使它們融合在一起，最後化為一股沈璃從沒感受過的氣息，隱匿在了沈璃身體之中。

冰涼之氣繼續流動，如法炮製，疏通了四、五個氣息交纏的地方。

約莫一個時辰後，那股氣息收歸金娘子的齒間。她鬆了口，一聲喟嘆，而沈璃頸上被她咬過的傷口也在慢慢癒合。金娘子道：「今日是第一天，便先疏通這幾處，待姑娘明天適應之後，奴家再多疏通幾處，姑娘現在可有不適？」

沈璃握緊拳頭，然後又鬆開手掌：「沒有……只是身體裡好似有些奇怪。」

「怎麼？」

「我說不上來，反正感覺是舒爽了一些。」

「如此便好。」金娘子身上亮光一閃，她再次化為人形立在沈璃面前，「那麼，姑娘穿好衣裳，我帶妳出去吧。」

「娘子……我有一問。」沈璃沉吟了許久，終是開口，「有人說過，碧海蒼珠……也就是我身體裡那股灼熱之力，它本來是屬於我的東西，我是銜著它出生的。為何如今……它會與我身體中的法力相沖？」

「銜珠而生？」金娘子歪著腦袋想了想，「喔，原來姑娘便是大名鼎鼎的碧蒼王啊。」

「這力量既是王爺天生便有的，那依奴家拙見，定是妳後天修習的法力、術法與先天之力相沖，才導致兩股力量無法融合。」

後天修習的法力、術法……她的一切都是從魔君那裡學來的，而碧海蒼珠也是魔君給她的，魔君既然知道碧海蒼珠，便必定知道她身體裡的法力與碧海蒼珠的力量相沖，既然如此……為何這麼多年來，魔君一直如此教她？

接下來的五天時間，沈璃日日與金娘子來到洞穴之中、每次治療前，金娘子總是少不了對沈璃一番調戲，前兩次不習慣，多來幾次，沈璃便麻木了，左右金娘子還是知道分寸的，並不會做出什麼過分的事來。倒是在治傷的時候金娘子常常分心與沈璃閒聊，一些上古逸聞從她嘴裡說出來總是別有一番趣味。

金娘子連帶著也說了許多行止以前幹過的事，什麼誕生之初因容貌過於美麗而被眾神贈花插頭，以為戲弄；什麼與神清夜競美，以一票之差輸掉，憤而數百年不曾踏出房門一步，最後還得靠神清夜以美酒相哄，方能釋懷。

沈璃聽得好笑，原來行止之前竟是那樣一個人，只是或許後來有太多事情發生，如神明一個個死去，天外天越發空寂；如摯友清夜被天罰，從而永墮輪迴；如之後獨力扶持天界；如淡看山河變化，唯剩他一人孤立於世間。

歷經失去的那麼多苦痛，要他如何不淡漠。

沈璃與金娘子的關係便在這些奇聞軼事中越發融洽，而行止每每守在洞外，聽見她們聊的那些與自己有關、恨不能永不記起的事情，則扶額長嘆：「蛇為妖人，當真長舌。」

是以五天之後，行止便不再以法術竊聽，只在外面守著，等沈璃出來。

與沈璃熟絡後，金娘子說話便更直接了，這日療傷已畢，她忽而道：「好妹妹，姊姊想了很多天，還是覺得這事應該跟妳說一下。」

沈璃看她。金娘子道：「不知妳可有感覺，妳身體裡的那股灼熱之氣，似乎並非單純的魔氣或者仙氣，再加上妳先前與我說，這股氣息的來源是碧海蒼珠，容姊姊大膽一猜，妳這碧海蒼珠，更像是妖的內丹。」

「妖？」

金娘子點頭，復而在床上枯稻草裡翻了翻，拿出一顆灰撲撲的珠子，她將上面的灰擦去：「妳看，這便是我的內丹。」丹上光芒驟升，沈璃只抽了抽嘴角：「妳便將妳的內丹如此隨處扔著？若我沒記錯的話，妖怪沒了這東西可是會死的！」

金娘子一笑：「姊姊早已不是普通的妖怪了，別用常理揣摩我。」她稍斂了眉目：「不過，我與妳說，妹妹當真就沒覺得自己的身世有點離奇嗎？」

沈璃皺眉：「我只知自己是在戰場上生下來的，我的娘親與父親皆是魔族軍隊中的人，我被魔君養大。千年來，從沒有人懷疑過我的身分，我自是並不覺得自己身世離奇。」

金娘子一默：「興許妳那魔君有許多事瞞著妳呢，待妳傷好，不妨回去問問她，或有所得。」她探手幫沈璃繫上腰帶，「還有兩次治療，隨後便不能再如此親近妳了，奴家真是心有不捨呢。」

沈璃一笑：「金娘子於沈璃有恩，待沈璃將瑣事皆辦完了，定會來找金娘子飲茶對弈，以解金娘子寂寞。」

金娘子捂嘴一笑：「如此，奴家可等著了。」她話音未落，倏地眼眸一厲，眼底起了點殺意，「哎唷，今天可是個稀奇日子，竟然有些個不要命的傢伙，到奴家這裡來撒野了。」

沈璃面容一肅：「可難收拾？」

「約莫是有點難收拾，不過妹妹別怕，這再難收拾，撞到我與神君的手上也是從骨頭變成爛肉，容易消化極了。妳且在這兒等著，待姊姊將他們應付了再進來領妳出去。」

沈璃蹙眉：「我也一併去。」

金娘子將她按下：「你如今法力恢復幾成啦？今天觸覺又沒了吧，妳的武器呢，想赤手空拳地上陣嗎？」沈璃被金娘子說得呆住，最後金娘子摸了摸她的頭：「乖，完全被治好之前，妳便安心被人保護著吧，讓我來。」

金娘子走後，洞穴之中寂靜無聲，沈璃看了看自己的手掌，這樣無力的感覺還真是讓她無法適應呢。她不習慣坐在盾牌後面、分享勝利消息，她應該……

耳中聽聞一絲極輕的風聲，然而在這個幾乎封閉的洞穴中本是不該有風的。沈璃眉目微沉，目光倏地落在洞穴的一角，極輕的響動刺激了她已無比靈敏的聽覺，她應該——

戰鬥！

沈璃倏地一仰頭，彷彿有利刃自她頭頂飛過，有幾根髮絲落了下來。她的目光立即追至另一個方向，在那處，一個東西忽隱忽現，沈璃微微瞇起眼：「來者何人？」

照理說外面有金娘子與行止守著，應是一隻蚊子也飛不進來才對，這傢伙為什麼……

他顯出身形，那張臉，沈璃記得。便是這人，前不久才在那個海邊小屋偷襲過她，她猶記得這人當時是扛著被行止凍住那人跑掉的，現在竟又找來了，只是這次……他好似與上次有些不同。

他弓著背匍匐於地，面容猙獰，齜牙咧嘴，有唾沫從他嘴角落下，若不是有一個人的身形，沈璃幾乎要以為他就是個野獸了。

他為何……會變成這樣？

不等沈璃想出結果，那人一聲嘶吼，撲上前來，沈璃往旁邊一躲，險險避開，然而此人動作極快，一伸手，鋒利的指甲逕直向沈璃腰間撓來。

沈璃一咬牙，用身體裡好不容易恢復的那點法力快速凝了個法障，將他一攔，沈璃趁機躲開，那人飛快跟上，這戰鬥力與幾天前根本就不是同一水準！

沈璃心知不能與他硬拚，她目光左右一轉，看見石床後那條黑乎乎的通道，沈璃心生一計，一邊躲閃，一邊又退回石床處。她故意驚呼一聲，假裝被身後的石床絆倒，身子往後一仰，那人果然飛身撲來。沈璃躺在床上，雙腳一抬，藉著他撲過來的力量，將他一蹬，逕直將他蹬到那通道之中。

看那人掉了下去，沈璃長舒一口氣，忽聞行止氣喘吁吁地喚：「沈璃！」她扭頭一看，只見行止不知什麼時候已跑了進來。

「外面如何……」話音未落，沈璃只覺背後衣服一緊，她駭然轉頭，只見那人如從地獄中爬出來的厲鬼，拽著她的衣服，而在那人身後還有一雙猩紅的眼睛將她望著。

沈璃還未將其看清，巨大的力量牽扯而來，沈璃手邊無物，只覺失重感襲來，整個人已隨著那力道，被拖進了深淵。

掉落的那一刻，她好似覺得自己被風吹涼的手，被一隻溫暖的手用力地握住。

有人不顧一切地陪她墜入深淵……

上篇

第二十章

春色無邊

有冰涼的水滴落在臉上，沈璃睜開眼，只見四周一片漆黑，她這是……掉到這種環境裡了，還是又陷入了五感全無的境況中？沈璃掐了掐自己的臉，有些許痛感傳來，想必她現在不是五感全失，而且觸覺既然已經恢復，想來她掉下來也有些時候了。也不知有沒有到讓金娘子疏通經脈的時間，若此事斷了，那只怕糟糕了。

沈璃站起身來，觸摸到堅硬的石壁，想來此處應該是那通道底部的石洞，她現在的法力尚不足以讓她飛出去，難道……要手腳並用地爬上去嗎？

正無奈之際，沈璃忽聞有腳步聲自洞穴另一頭傳來，踏步輕而穩重，是行止的腳步聲，她心頭一喜，喚道：「行止。」

那方腳步加快，沒一會兒便走到了她身前。「妳醒了。」他話音一頓，「今天是眼睛看不見嗎？」

沈璃一愣：「此處有光？」

「本是沒有，不過妳此前在東海挑的那塊石頭竟是個會發光的東西，拿著它倒勉強能視物。」

沈璃點頭：「方才我還在想，自己沒法飛出去，這下倒好，既然你尋來了，咱們便一同出去吧。」

行止沉吟了一會兒：「出去只怕沒那麼容易，妳醒之前我已來回將此處探了幾遍，此處看起來是一個普通的石洞，周遭有八條通道，但這幾條通道皆是封死的，出不去，而頭頂上也找不到我們掉下來的那條通道，想來此處是設有封印。」

「嗯……金娘子說過，此處是她丟擲邪念與欲望之地，她在這裡設了封印。」

「原來如此。」行止道：「她倒是選了個好地方，此處本就是天地之間自成的封印之地，易進難出，再加上她的力量，確實可做封印妖物的好地方，只是……」行止帶著苦笑，「這可害苦了我們。」

「這……莫不是神君也無法可破？」

「法子是有，不過，卻需要時間，而妳等不起。」行止聲音微凝，「再有三個時辰妳便該接受治療，而短短三個時辰，我什麼也做不了。」

「不如暫且等等吧。」沈璃道：「或許金娘子在外面會有救我們出去的法子。」

行止一嘆：「為今之計，也只有如此了。」

石洞中一陣靜默。

行止忽而問：「冷嗎？」沈璃搖頭，又聽行止道：「我卻是有幾分冷。」

沈璃一默：「神君身子倒是嬌弱。」言罷，她尋著行止的氣息，慢慢挪了過去，挨著他站著。「金娘子說我如同火爐一般，如此站著，你可有覺得好受一些？」

「嗯，再近點。」

沈璃又挪了一小步。

行止在她身後微微勾了唇角：「再近點。」

沈璃炸毛：「我都貼著你站了！」

行止笑了出來，過近的距離讓他的氣息不經意地噴在沈璃耳後，激得她臉頰一麻，微微燥熱起來。

沈璃垂著腦袋，沉默了一會兒，忽而問：「金娘子說與我本身法力相沖的那股力量或許是妖力。」她聲音有些悶：「她既然看得出來，神君與我好歹也算接觸了些時日，你不該看不出來吧。」

行止只「嗯」了一聲，也沒解釋是什麼意思。

沈璃張了張嘴，一句「你為何不曾與我提過？」沒敢問出口。罷了，沈璃心道，為什麼要提呢，每個人都有自己的考量。

時間慢慢流逝，越發臨近沈璃該接受治療的時間，而石洞上面卻沒有半分動靜。行止忽然開口：「她……素日是如何幫妳治療的？」這話一問出口，沈璃便知道了他心裡的打算，因為……她也是這樣想的，實在不行，不過是疏通經脈一事，行止應該也能做吧，只是……

沈璃穩住所有情緒，冷靜道：「咬破頸邊皮膚，將法力注入，然後以法力助我疏通體內氣息。」她省略了許多，因為她想，平時金娘子雖讓她褪去上衣，但褪去衣裳只是為了方便金娘子用蛇身為她降溫，這隔著衣服應當也是能降溫的吧。

行止皺眉：「便只是如此？」

沈璃肯定道：「只是如此。」

行止沉默了一瞬：「這次，我來幫妳。」他心中有數，估計著時辰快到了，他撩開沈璃的髮絲，將她頸邊的衣裳輕輕往旁邊拉扯。沈璃的頸項在他眼前出現，他隱隱能看見沈璃的鎖骨。思及許久之前，他還是那個凡人行雲之時，那隻沒毛的鳳凰在夜晚涼風之中，變成了一個裸身少女，當時他面不改色心不跳地給她披上了自己的青衣，如今……如今只是看見鎖骨，卻讓他有幾分失神……

真是太沒出息了。

沈璃等了許久，察覺到行止的氣息一直輕輕落在她的皮膚上，但他卻老是不下口，她奇怪：「我頸邊很髒嗎？」說著她伸手去揉了揉，只聽行止一聲嘆息，拽住了她的手。

「很乾淨。」他聲音微啞，說罷便咬了上去，行止的牙齒遠不如金娘子變成蛇身時的牙齒那般鋒利，而沈璃的皮肉也當真皮實得緊，是以行止這一口將沈璃咬痛了，也沒咬破皮。

沈璃「嘶」地倒抽一口冷氣，有些生氣：「你是在戲弄本王嗎？不能認真一點？」

行止只想扶額。

末了，他在牙上附了法力，只輕輕一下，便破開皮肉，血腥味微微在嘴裡散開。他將法力送到沈璃經脈之中，隨著她血液的流動慢慢流遍她的身體。

然而行止不曾料到，法力越是往裡流，沈璃身體中纏鬥的氣息便越多，然而每當他疏通一處氣息，沈璃的身體便更熱一分。不過片刻時間，連一周天都未運轉完畢，沈璃額上已是熱汗涔涔，身體更是燙得不像話。

行止當然知道沈璃有事隱瞞自己，他掌心當即凝了寒氣，從沈璃兩個肩頭往她身體裡送，然而寒氣運轉的速度卻怎麼也跟不上她身體裡熱氣升騰的速度。

行止心下一沉，雙手滑下，探手到沈璃身前，解開了她的腰帶。

沈璃此時已熱得有些迷糊，任由行止將她腰帶解下，褪去衣衫，然而將掌心貼上時，行止卻發現，連自己衣物的阻隔也會妨礙寒氣的傳送。想到自己將要做什麼，他身子一僵，連帶著沈璃體內的氣息一頓，沈璃立時難受得輕聲呻吟。行止回過神來，一閉眼，凝神，將衣裳褪去。

帶著涼意的手從沈璃身後探來，扣住她的肩頭，赤裸的肌膚相貼，令沈璃無意識地發出一聲舒服的喟嘆，體內熾熱的溫度被稍稍壓下。而此時另一隻手環過她的腰，一直環到腰的另一側，因為身後的人咬著她頸項的時候微微弓起了背，沈璃的後背貼不到他微涼的肌膚，她無意識地往後蹭了蹭。

身後的人察覺到她的意圖，環住她腰的那隻手輕輕一用力，將她抱起，讓她的後背與自己相貼。

肌膚相觸，行止心跳微不可察地亂了一瞬。

沈璃……

她的身體讓人忍不住想去觸碰。

凝神！

他警告自己。

行止敏銳地察覺到，在自己周身，有邪念在慢慢凝聚。這裡有著金娘子數萬年來積累下來的邪念與欲望，這些東西沒有實體，但一旦心生惡念，惡念便極易被它們捉住、放大。而他正幫沈璃治療，其間不能中斷，不能出任何差錯！

他閉上眼，靜下心神，專心讓自己的法力在沈璃身體中運轉，一個一個地疏通她體內衝突的氣息。

隨著行止法力的流入，沈璃周身熱氣逐漸被壓制下去，她被高溫燒得迷迷糊糊的大腦終是找回了一點理智。她眼睛看不見，但觸覺卻極為靈敏，她知道自己身前正環著男人兩條光溜溜的胳膊，背後正貼著帶著微涼體溫的硬朗身體，是誰抱著她，一想便知。

沈璃承認，在這一瞬間，她大腦幾乎空白。

呆怔之後，她的理智漸回，知道行止是在給自己治傷，但是……

行止的頭幾乎是貼著她的耳邊，他正咬著她的頸項，這是一個危險的姿態，因為只要行止一用力，咬斷她的經脈，便能置她於死地。可偏偏是這種危機感，還有他綿綿不斷地注入她身體的法力，讓她更為清晰、更為深刻地意識到這個人的存在，意識到他們現在……以一種幾乎不可原諒的親密姿勢貼在一起。

她感受得到行止心臟的跳動，肩頭有他呼出的氣息，頸邊是他微微溼潤的脣，偶爾甚至能感受到他喉頭下意識吞嚥的弧度。一切那麼清晰又真實。饒是沈璃什麼也看不見，她也咬著牙，緊緊閉上了雙眼，好似這樣就能少感受一些，好似這樣自己的心跳就會稍微平復一些，好似這樣……那些陌生的衝動便會慢慢消失不見……

可是……混帳！

為什麼在她一片漆黑的世界裡，現在全是行止的聲音，他的心跳聲，呼吸聲，一切都讓人——

把持不住。

沈璃難受地動了動身子，身後的行止呼吸一重，他抱住沈璃的手緊了緊，好似在警告她別亂動，很快就結束了……沈璃能感覺到，那些氣息已經在自己身體裡運轉了兩個周天，只需再運轉一次，行止便可以鬆開她了。

沈璃迫使自己靜下心來，這種時候，怎麼還能胡思亂想。沈璃深吸一口氣，胸腔擴張，行止怕勒到她似地鬆了鬆手，然而再次抱緊時，扣住沈璃肩膀的那個手臂，卻不經意地碰到她胸前。

彷彿有電流流過全身，沈璃渾身一僵，呼吸幾乎都停止了。

她不知身後的行止此時是何想法，沈璃只覺得，若再碰一下……她怕是就會瘋了吧。而她如今哪兒來發瘋的資本？便是她要瘋，也絕不能害了行止……

為什麼不行？

腦子裡忽然竄出一個聲音，好似是另一個自己在黑暗的角落看著她。

「食色性也，若這也算是害人，那天下萬物豈不都是獲罪而生？」

不行，行止不一樣。沈璃想反駁那個自己，他是神，身繫天下，他不能動私情……

「他不能，可為什麼妳要陪著他壓抑自己？他不能動私情是他的事，與妳何干？妳是沈璃，誰也沒規定妳不可以動私情，既然他需要克制，那妳強了他不就行了，既讓他不犯天道，妳也可滿足一己私欲……」

沈璃駭住。

「就在這個山洞裡，誰也不會知道。」她聽見自己的聲音充滿了極致的誘惑，「妳從來便只會壓抑自己、克制自己，什麼天下蒼生，什麼魔界黎民，又有誰會真正對妳好呢？就在這裡，此生放縱這麼一次，誰都不會知道的……」

「天道也怪不到行止頭上，這不過是沈璃的一時……克制不住。」

聲音漸消，而皮膚卻越發敏感，或許是她的錯覺，行止環住她的手臂莫名地有些顫動。沈璃體內氣息總算運轉完最後一個周天，行止的法力也回到了他自己那裡。

兩人應該分開的，然而，行止卻沒有鬆開她。他的牙齒離開了沈璃的皮肉，唇卻沒有離開，他靜靜地停在那裡，什麼也沒做，但卻像在親吻她的頸項一般，曖昧得極致危險。

「行止……」她鮮少如此喚他的名字。

「嗯？」他悶聲應道，從喉頭發出的聲音沙啞而極具磁性，輕而易舉地撩動沈璃本就不安分的心弦。

她一隻手撫上行止環在她腰間的手，另一隻手向後伸，抱住了行止的頭，沈璃輕輕用力，按住他的腦袋，她聽著自己喑啞的嗓音道：「別動，就這樣……別動。」

行止依言，一動不動地以唇貼著她的頸項，感受著她經脈跳動的活力。因為她的動作，她被咬破的傷口有血珠滲出，行止目光微暗，也不知是有意還是無意，輕輕將她滲出來的血舔拭乾淨。

這個動作輕而易舉地挑斷了沈璃心中最後一根弦。她按住行止腦袋的那隻手未曾放下，整個人在他懷裡轉了過去，另一隻手抱住他的後背，幾乎是帶著點急切地將自己的唇印了上去。

屬於她的血腥味在兩人的呼吸之間流轉。

「行止。」她輕聲喚著，聲音略帶迷茫，然而下一句話便說得堅定無比，「我要強了你。」

與她親吻著的人好似嘴角動了動，半晌之後，才模模糊糊地應了一聲：「嗯。」而在他答應之後，沈璃的唇離開了他的唇，摸索著在他頸項處狠狠一吸，行止那處便立即紅了起來，「這是我強了你的印記。」她強調，「是我強了你。」

「沈璃。」行止忽而道：「有沒有人與妳說過，女人老是強調一句話的時候，很招人嫌。」

他一手攬過沈璃的後腦杓，將她按到自己跟前，不客氣地覆上了她的嘴唇，讓她沒空再說話。沈璃任由他吻著，一隻手卻將行止另外一隻攬住她腰身的手捉住，放到自己胸前，然後迫使行止按了下去。

「沈璃，」行止道：「真希望妳別後悔。」

沈璃一笑：「該後悔的人……應該是你吧。」她一用力，將他推倒在地，近乎蠻橫道：「不准攔我。」她輕輕俯下身子：「你自己也不行。」

「沈璃。」她聽到他喚她名字，但卻沒有理他。

若真有天道，沈璃心想，那就來怪她吧。

是她縱欲，一晌貪歡，是她控制不住心中欲念，是她太想知道自己喜歡的人、愛慕的人與自己「在一起」時的感覺。

若真有天道，那便來怪她吧。

當撕裂的痛楚傳來時，她幾乎無法繼續下去，但這樣的痛楚也僅有一次，所以，再痛也要繼續，即便是撕裂自己，絞碎血肉，她也要繼續下去。

她心裡是那麼想和行止在一起，她是那麼想和他能時時刻刻在一起！

沈璃聽見行止藏著心疼的聲音：「很疼嗎……」

沈璃眼睛霎時便溼了。她趴在他的胸口上，聲音喑啞顫抖：「很痛。」她說：「很痛啊，行止。」

迫使自己離開也那般痛，與他在一起也那般痛。

沈璃不知所措，不知自己該做什麼表情才好。

行止輕撫著沈璃的腦袋，將她抱在懷裡，輕輕拍著她的背，貼著她的耳畔道：「我會在，我會一直在，不管天崩地裂，沈璃，我會一直在妳身邊的。」

沈璃疼得不住地顫抖，最後竟是張嘴咬住了他的肩頭。

行止將她摟住：「別哭了，沈璃。」

沈璃其實沒有流淚，她心裡篤定眼淚是軟弱的東西，淌出來也什麼都改變不了，但隨著行止的話音落下，她竟有一種敗給了軟弱的無力感，任由自己的眼淚浸溼了他的肩頭。「你站著說話不腰疼。」

行止一聲輕嘆，認輸一般地承認：「我也疼。」

沈璃抱住他，倏爾笑開，然而笑一會兒，眼淚又淌了出來，她便抹乾了淚，繼續笑：「我們倆……還真是不可理喻。」

「是呀，不可理喻。」原來自己……行止貼著沈璃的肌膚輕笑，原來神明……也不過如此。他已經那麼用力地克制自己那些心頭癢，但沈璃只是輕輕一個動作已讓他的防線瞬間分崩離析，潰不成軍。

「我不明白……」沈璃氣息紊亂，「為……為何會有人熱衷於此事。」

分明比刀割更為難受。

呼吸在兩人之間流竄，他們都冷靜了一會兒，行止道：「若是痛極，便罷了。」

沈璃一咬牙：「虧你還說得出這種話。」她手指緊緊扣住行止的背，牙齒咬住他肩頭：「今日便是痛死，本王也絕不甘休！」

這是唯一一次啊，沈璃咬牙，第一次或許也是最後一次，徹徹底底地擁有彼此，她用盡全力把三界擋在心房之外，把身分、責任、擔當盡數扔掉，像偷像搶一樣換來的行止，怎麼能甘休。

她要他，就算撕裂自己，就算灰飛煙滅，就算墮落到地獄的最底層，她也要他。

這一生，至少有這麼一瞬，她只做沈璃，將自己全心全意地送給一個人，也將那人融進自己的身體裡。她不敢奢求太多，也奢求不了太多，便是這一瞬已足矣。

身體的歡愉換來的還有心裡好似被捏碎一樣的疼痛，行止感覺到了沈璃的絕望，他不難猜到沈璃在想什麼，也正是因為瞭解沈璃，看透了她的心思，所以行止便更不能控制地去心疼她……

她是這麼一個愛逞強的人，他怎麼就偏偏控制不住地喜歡上了這個人……

「沈璃。」他沙啞地喚著她的名字，「我會和妳在一起。」他說著，像發誓一樣。「一直在一起。」

「所以，妳別怕了。妳不用那麼害怕。」

沈璃伸手摸上行止的臉，倏地一笑：「真奇怪，為什麼明明已經靠得這麼近，抱得這麼緊，而我卻覺得……惶恐。」

「相信我。」行止在她頸邊落下一吻，輕輕一吸，「沈璃，相信我。」

沈璃不知該怎麼去相信他，她只能將心裡的不安化為行動，埋下頭，再次狠狠吻上行止的脣。什麼都不想了，現在只做現在該做的事便好，別的，待清醒之後，再去收拾吧。

沈璃心道，反正已至如此地步，至少，得讓其中一人開心一點不是？沈璃咬住他的耳朵，輕聲道：「我沒有關係。」

行止動作倏地一頓，他有些嘆息：「妳怎麼還不懂。」他抬頭咬住沈璃的下巴，語氣微帶譴責：「我是想讓妳……開心啊。」

他們都是那麼想讓對方……開心一點。

「行止，你不知道，我現在已經足夠開心了。」她說：「行止，你不知道，我多想和你在一起。」

「那便在一起。」

「可是不行……」

她的喘息聲如此凌亂，但言語卻那麼清晰又冰涼：「可是不行啊。」

沈璃疲憊不堪，閉上眼，漸漸睡熟。

待沈璃再醒過來時，視覺已恢復，她看了看四周，原來這裡的石洞竟是這種模樣。石洞之中，空氣不會流動，那股曖昧至極的氣息像是一直在兩人周身盤繞一般，行止的衣服蓋在兩人身上。沈璃一笑，心想，這也算是同床共枕過了吧。

她坐起身來，探手去拽被行止壓著的她的衣裳，但行止未動，任憑她拽了許久也未拽出來。沈璃眉頭一皺，卻聽閉著眼的行止一聲輕嘆：「我一直在等妳開口叫我呢。」他睜開眼，雙眸清澈，哪兒有初醒的模樣。

沈璃一默，道：「現在醒了，將衣服給我吧。」

行止仍舊沒動，只道：「四、五個時辰後，妳又該接受治療了……」

沈璃聽罷這話，一時還沒反應過來，待反應過來時，臉色一僵，是啊，四、五個時辰後又該接受治療！所以呢！他還打算再被她強一次嗎？他想讓他們倆就這樣光著身子在這地方一直坐上四、五個時辰嗎！而且……現在這種情況……說這樣曖昧的話，他的臉皮就不會火辣辣地燒起來嗎！

沈璃靜了許久，使了蠻勁將衣服從行止身下拖出。「到時候治便是。」將行止的衣服扯開，沈璃大方地當著行止的面換上了自己的衣裳。可等她轉過身時，卻見本裸著的行止也已穿戴完畢，他輕輕一笑：「王爺以禮相待，行止自是不能唐突。」

沈璃點頭，坐了下來，肅了面容：「今日一事，皆是我的過錯，神君無須自責。」

見她一本正經地說出這話，行止愣了一會兒，倏爾搖頭笑了：「第一，我沒有自責；第二，妳有什麼過錯？第三，沈璃，妳是拿的什麼強了我？最後……」行止忽然起身，一瞬便竄到沈璃跟前，他單膝跪地，俯身挑起沈璃的下巴，在沈璃什麼都沒反應過來時，印上了她的脣，磨了片刻，才將她放開。他毫不躲閃沈璃呆怔的目光，笑中微帶幾分無奈：「我知道自己在做什麼，一直都很清醒。」

沈璃像是僵住了一般，忘了做出回應。

半晌之後，她才猛地推了行止一把，行止未動，她卻自己摔坐在地上。

沈璃掩脣，望著他：「你瘋了。」

行止輕笑：「約莫是吧，從妳『葬身東海』那一刻起，我好似就不大正常了。」

「不行。」沈璃面容一肅，「不行！我可以瘋，別人可以瘋，甚至三界之人都可以癲狂，但是你不行。你繫著他們的命，你不能瘋。」

「那可怎麼辦？」行止道：「我已經踏入了萬丈深淵，我掙扎了，也拒絕過，可最後，上天還是不曾放過我。沈璃，妳說我該怎麼辦？」

沈璃沉默，行止看了她半晌，道：「若只是動情，未曾行逆天之事，便不會受天道反噬。沈璃，妳若願信我……」他一笑，「或說妳若願幫我，便與我在一起試試？天外天不受外界干擾，我們可以一直待在那裡。」

沈璃看著他，然後搖了搖頭：「我做不到。」

現在有那麼多事尚未解決，苻生尚在，魔界便一直存在危險，而她的身世也逐漸變得撲朔迷離。天外天雖安穩，但安穩不是沈璃追求的生活狀態。在這石洞裡，她可以告訴自己只做沈璃，可以容忍自己一晌貪歡，可一旦出去，她便是碧蒼王，在魔界有一個叫碧蒼王府的家，她手下還有那麼多的將士。

就算行止夠瀟脫大膽，指天發誓地說他不會因私情而違逆天道，但沈璃卻放不下責任。

而且，即便退一萬步，他們當真去了天外天，行止身邊有了她這麼一個算不準什麼時候便會引他出事的女人，天界之人又如何能容忍一個隨時可能會塌掉的天外天掛在他們頭頂。

彼時，安靜的天外天，只怕也安靜不起來了吧。

行止沉默許久，隨後笑道：「也罷，現在在這裡談什麼都是假的，待出去之後再說吧。」

石洞裡靜默了很久，沈璃好似想起了什麼，問：「先前一直忘了問，與我們一同掉下來的，不是還有苻生手下的一個黑衣人嗎？他呢？」

行止一怔，搖頭笑道：「沈璃，饒是我活了這麼久，也只遇到了妳這麼一個女人，在情事之後能立馬翻臉談正事，當真半點也不含糊。」他這半是好笑半是無奈的調侃讓沈璃不自然地輕咳一聲，行止看了她好一會兒，才收斂了笑，正了臉色：「那人在掉下來的時候便消失了，像是力氣耗盡便灰飛煙滅了一般。」

回想當時的情景，行止微微蹙起了眉頭：「如此情景，難免讓我想起一些往事。」

能夠讓行止蹙眉的往事，沈璃好奇地打量他。行止抬眼，目光與她相接，他眼底掩藏了一絲情緒，琢磨了一會兒，他道：「當初妖獸作亂於魔界之事，妳應當是知曉的吧？」

千年前妖獸作亂於魔界，神行止撕出空間罅隙，將其盡數封印於其中，是為墟天淵封印，沈璃自是知道這段往事的。她靜靜點頭。

行止微微一勾脣：「只怕妳知道的並不完全。數千隻妖獸出現於魔界，而牠們卻並非平空而來，牠們乃是上一任魔君六冥以禁術煉製而成。其時六冥不滿天界無能，不甘屈居於天界之下，欲取天君之位而代之，然其調軍隊攻打天界的計畫卻遭朝中大臣極力反對，當時朝中大臣以『天界對魔界雖無功但無過，若行兵，恐損魔界黎民』之由擋了回去。

「六冥心有不甘，私下煉製妖獸數千，意欲攻上天界，卻因妖獸數量過多且力量強大，他無法掌控，從而使妖獸作亂於魔界。魔界無力抵禦，傳書至天界，天君才來尋我。這便有了之後封印妖獸之事。」

沈璃聽得愣住，她想起與蠍尾狐的那一戰，一隻未曾完全恢復法力的妖獸便將她和魔界將士弄得如此狼狽，可見當時數千隻妖獸的力量有多強大，而這麼強大的力量，竟是被一人煉製出來的，那人……未免也太可怕了些。他的可怕並非在於力量的強大，而在於他不滿足的內心，不知節制地製造出妖獸，若無行止封印，他怕是會害盡蒼生——包括他自己吧。

「當時初下魔界，我初次與妖獸對戰，並不知牠們是何物，戰了三天三夜，才發現，牠們極難被刀劍或法術殺死，而且即便將牠們殺死，牠們也只會化為一股黑氣，被附近別的同伴吸食入腹，增強另一群妖獸的力量。」

若是如此……封印牠們也確實是最快的方法。沈璃不由得感慨行止當時戰術轉得果決機靈，想到先前她還因此事而質疑行止，她便覺得有點不好意思。

「至此，妳可有想到什麼？」行止忽然問沈璃。沈璃一怔，這才將他剛才的話重新想了一遍，然後臉色倏地一白。「那些魔人和追來的這個黑衣人，皆有些類似妖獸？」

行止點頭：「我們第一次在揚州與其相遇之時，他們或許尚未被做得完全，而這一次一次接觸下來，倒是讓人覺得，做出他們的人，技術見長啊。」

沈璃咬牙：「定是那苻生搞的鬼，只是他為何會知道當初煉製妖獸的方法？還有你的止水術……他們到底想幹什麼……」

行止摸了摸她的腦袋：「妳不擅心機，且容易忘記事情，要讓妳將這局想個通透明白，委實是難為妳了。」

沈璃不滿地瞇起眼，行止一笑，像逗貓一樣，他道：「首先回答妳第一個問題。依我看來，苻生其人未必知曉煉製妖獸的全部方法，否則，他已經可以直接煉出妖獸來，又何苦折騰出這些看起來還是個半成品的魔人。他應當是知道一部分煉製方法，而另一部分卻因某些原因而無法知曉。我現在奇怪的是，他知曉的那一部分煉製方法從何得來，我記得六冥已被我斬於劍下，世上不該還有誰記得煉製之術……」

行止沉吟了一會兒，暫時拋開了這個疑惑：「而第二個問題和第三個問題或許可以併在一起回答，首先，他們所謂的『止水術』在我看來不過是小孩玩的凝冰訣罷了。沒有神力，如何操縱神術？另外，妳可還記得以前我們遇見的睿王？」

「自是記得。」

「上次妳也聽見我與他轉世的談話了，他便是永墮輪迴的神清夜，乃我摯友。止水術雖是我的法術，但我卻教了一些給清夜。妳可記得那一世，苻生也出現了？興許是他設法窺探到了清夜關於神明的那些記憶，將這止水術學了個皮毛。」

沈璃恍然大悟：「現下想來，當初有許多事也許都是他暗自動了手腳，比如皇太子找上那時還是行雲的你，再比如燒了你那小院，逼迫咱們投靠睿王，當初咱們在睿王府時，我感覺到了一股魔氣……原來竟是他。」

行止點頭：「妳倒是也有將事情記得清楚的時候，妳繼續往下猜猜試試，他做這些事，為了達到什麼目的？」

沈璃眼珠一轉：「逼得我不能離開你，然後只得被魔界追兵抓回去與拂容君成親……他想讓我與拂容君成親？」沈璃奇怪：「這於他而言有什麼好處？」

「好處自然不是妳與誰成了親，而是妳與那個人成親之後，會去天界。」行止唇角一勾，「他想讓妳離開魔界。」

沈璃心頭豁然開朗，然而卻有更多不解堆在了她的前方。看著沈璃皺緊的眉頭，行止笑著繼續引導她：「那段時間，若是我沒有延長妳與拂容君的成親日期，妳必定已嫁上天界。而那時，魔界發生了什麼？」

沈璃稍一回憶，倏地臉色一白，她驀地站起身來：「墟天淵……他們的目的是墟天淵！」

彼時妖獸逃出，重傷邊境守軍，魔君著墨方、子夏兩位將軍前去支援，而後子夏拚死傳信回魔都，力竭死於魔宮之前，墨方……墨方重傷，是了，墨方是他們的人，他怎麼會死。

而後不久，行止來魔界重塑封印。又過了不久，人界地仙山神相繼被抓走，雖不知他們抓地仙山神的具體目的，但必定與荇生造出的半成品魔人有關！那時她還在揚州城中與三個魔人交手。

「如此說來，他們得到煉製妖獸的方法是來自墟天淵……」

沈璃揉了揉眉心，腦中有些紛亂。那麼多的事情，在當時的她看起來不過是表面的模樣，好似一切都是自然如此，原來在表面之下，竟還有另外一隻手，在推著事情前進。

沈璃問：「這些事，你一早便知道？」

行止搖頭，「也是待線索多了之後，才慢慢將事情串聯起來。」

沈璃扶額：「我們得快點從此處出去，我要盡快將這些事情報告給魔君，以做應對之策。」

行止眼眸微垂：「雖然我亦是極不想如此說，但魔界現在的魔君……我勸妳最好還是對他存兩分戒心。」

沈璃聞言一怔。行止抬頭看她，目光微涼：「千年前，封印妖獸之後，我亦是元氣大損，無力再管魔界之事，新任魔君便是由魔族自行選出。其時，魔族之中尚有不少人不滿魔界臣服於天界之事，心屬六冥。然而當時魔界一片混亂，急於選一個有才且能擔當重任之人為魔君，未曾多注意其個人立場偏好，我亦說不準現任魔君到底是個怎樣的人，不過我可以肯定，他有事瞞妳。」

沈璃眉頭也未曾皺一下，逕直道：「魔君會欺我瞞我，但絕不會害我，我信她。」

她果斷而堅定的回答聽得行止微怔，旋即垂下了眼眸：「妳若是也能如此信我，便好了。」

他聲音極小，但是沈璃怎會聽不到，她扭過頭：「這不一樣。魔君於我而言，亦師亦……父。沒有她，沈璃這條命便不會留到現在，她於危難之中救我無數次，如今，就算知道她騙了我一生，她要我這條命，我給了她又何妨。」

行止靜靜地看著她，隨即垂眸一笑，呢喃：「我怎會讓妳將命給他？事到如今，妳讓我……怎麼捨得。」

石洞中一時靜默，沈璃別過頭岔開話題：「說來，苻生他們為何會知道我們到了此地？以你的身法，定是沒有人跟得上才是。」

行止搖頭：「若我猜得沒錯，他們並非來找我們的……」

沈璃一驚，來這大雪山，他們莫不是衝著那些奇珍異寶而來？不過也不對啊，若是想要那些寶貝，怎麼會打到這個偏僻的石洞來？唯一的解釋便是——他們的目標是金娘子。沈璃眉頭一皺：「我們落下來時，你留金娘子一人在上面擋住苻生，她不會有事吧？」

「倒是不用擔心她，別的不說，若論逃命的本事，她自是一等一地好。」

「哎唷，奴家這才想下來救人呢，便聽見神君這麼說奴家，真是好生讓人傷心啊。」嬌媚的聲音自頭頂傳來，沈璃抬頭一望，上面的石頭仍舊密封，但金娘子的聲音卻像是只隔了一層紙一樣，清晰無比，「奴家不依，神君得與奴家道歉才是。不然，奴家就不救你們出去了，哼。」

行止琢磨了一會兒：「如此，我便不道歉了。妳自回去吧。」

沈璃聽得一瞪眼，金娘子在上面笑開：「唷，敢情神君這是還想和妹妹待在一起呢，這我可更不依了。」言罷，他們頭頂倏地破開一個大洞，黑乎乎的通道直接通向上方，「快出來。」這三個字金娘子說得又快又急。

行止會意，身形一閃，將沈璃的腰攬住，一旋身便飛上了通道。上面正是金娘子那個石室，她站在石床邊，行止與沈璃一躍出，她便雙手結印，一道金光封在洞口之上，貼著石壁滑了下去，只聽有無數尖細的嘶喊聲在下面吵鬧著，撞擊著那道金光，意欲逃竄而出。待金光一陣大盛，所有的聲音消失無跡。

金娘子抹了一把額上的汗，嘆道：「總算把這些傢伙給封住了。」她轉過身來看向行止與沈璃，眼角曖昧地一挑：「你們在下面，沒有被它們欺負吧？」

沈璃輕咳一聲，撥開行止還攬在她腰間的手，正色道：「神君一身神氣清正，這些邪念自是無法造次。」

金娘子聽罷，眉眼一下垂：「沒有啊……」聽語氣像是失望極了。

她到底……在期待他們在下面被她的那些邪念怎麼折騰……沈璃默默地抹了一把冷汗。

忽然，像是想到了什麼，金娘子眼睛倏地一亮：「昨日怎麼治……」她話剛開了個頭，行止眉頭一皺，沉聲一喝：「小心！」

金娘子一轉頭，只聽身後一聲淒厲的嘶吼，刺得她耳朵生疼，不小心摔倒在地。與此同時，一團黑氣猛地自通道之中衝出來，擦過金娘子身邊，箭一般地往外射去，留下了一串女子尖細而猖狂的笑。

「這下可糟糕了……」金娘子捂著耳朵癱軟在石床上，沈璃忙過去扶著她，聽金娘子細聲呢喃，「這不可能啊，它哪兒來的力量衝破封印……」

行止靜默，復而開口：「許是吸食了我們心裡的那些情緒與欲望。」

金娘子抬頭望他：「神君，敢問你的欲望是有多強啊？這可害苦了奴家啊！」

「既是我的過錯，我幫妳將其追回便是。」

行止這話音一落，金娘子忙道：「可別！奴家自己去就好，你們摸不出它的脾性，回頭再中了它的招，那不是虧大了。」

沈璃皺眉：「方才那到底是何物？我見它那尖厲的聲音好似對妳傷害極大。」

「奴家好歹也往裡面扔了萬把年的髒東西，時間久了，它自己也能凝出一個形狀來，倒有些類似奴家的一個影子。因是從奴家身上分出去的東西，所以它對奴家的弱點自然是極其明瞭。」

「如此說來，妳豈不是更不能與它對陣。」沈璃道：「這禍是我闖出來的，當由我去收拾。」

金娘子轉過頭，一雙柔弱的手輕輕摸在沈璃臉上，眼波似水：「好妹妹，妳怎生這般有擔當，真是太讓奴家心動了。」言罷，她一噘嘴便往沈璃臉上湊。可還未貼上，行止便一把將沈璃拽開，讓金娘子撲了個空。

行止皮笑肉不笑地一勾唇：「好好說話。」

金娘子撇了撇嘴：「它瞭解我，我自是更瞭解它，不過是我扔下的東西，還真當奴家收拾不了它嗎！」她理了理衣衫，自石床上下來：「不過那東西能蠱惑人心，將人心中欲念與邪念勾出來，然後不停吸食，以壯大自身。在下面的時候，你們定是中招了吧？」她目光在兩人身上曖昧地一打量，沈璃被她看得臉頰一紅，扭過頭，不自然地咳了一聲。

金娘子笑得眼睛都瞇了起來：「就這點來說，它倒是極為麻煩的一物，為防它害人，奴家得盡快將它捉回來。」她擺了擺手：「奴家這便告辭啦，二位保重啊。」言罷，她身形一閃，走得極為果斷。

沈璃一聲「等等」尚未喚出口，便見室內又是一道金光，金娘子再次出現在兩人面前。「啊，方才忘了說，最後一次治療的時間快到了，想來上一次的治療神君已經代勞了，那麼這次便再勞煩神君一次吧。治完之後，妹妹或許會昏睡一陣子，待醒來之後五感定能恢復，至於法力則要依靠每日打坐吐息，慢慢找回。」她衝沈璃眨了眨眼，「最後一次唷，可別浪費。」

一陣風聲，沈璃望著金娘子消失的地方抽了抽嘴角，這傢伙的邪念和欲望哪兒像是被剝離出去的樣子啊！這分明是在赤裸裸地暗示啊！而且說完這麼一句曖昧的話就跑，不覺得自己很沒有責任感嗎！

沈璃轉頭看行止，本欲談談正經事，但見行止捏著下巴，一臉正經地打量著她，點頭道：「說來，確實要開始最後一次治療了……又是石頭上嗎……」

「你就不能正經點！」沈璃耳根紅著，沉聲喝斥，但卻喝得行止一笑：「王爺，敢問行止哪句話不正經了？」

沈璃一默。正尷尬之時，洞內又是金光閃過。沈璃猶如驚弓之鳥：「還想作甚！」

金娘子一臉受傷：「哎，不過是轉眼的工夫……妹妹……妹妹怎生如此對奴家？」她一雙眼波光瀲灩，看得沈璃扶額。

「不……一時沒控制住，對不住……」

「奴家是想說，我去捉這邪念或許會費些工夫，先前來找麻煩的那個叫什麼苻生的人啊，你們回頭還得去找他算帳是吧？若找到了他，記得先將奴家的內丹拿回來啊。」金娘子說得委屈，「那日你們掉下去，奴家心裡著急，一時不察，被他的人找到內丹，然後搶了去。雖說這內丹奴家要不要都沒關係，但憑什麼白白給了他……」

「苻生拿了妳的內丹？」沈璃正色，打斷她的嘀咕，沉聲道：「他為何要妳的內丹？」

「奴家也不知。」金娘子擺了擺手，「這次當真不說了，再晚可就讓那東西跑遠了。」

金娘子又風風火火地走了。沈璃在石室下聽了行止與她說過的事後，知道苻生此人做事必定極具目的性，他此時拿走金娘子的內丹又與之前哪些事情有聯繫，又牽扯到他的哪些企圖……

見沈璃眉頭越皺越緊，行止伸出食指在她眉心揉了揉，道：「這些現在想不出來便罷了，回頭自會知曉。當務之急，是將妳的身體治好。」

沈璃身體微微一僵，但治療卻是不能不做的。她點了點頭，然後背過身，慢慢褪了衣裳，饒是方才行止已經在下面將她看了個完全，但換了個地方，重新毫無阻隔地相對，還是讓她有些羞恥感。褪去衣裳後，她沒敢轉身，只輕輕遮掩著胸部，側頭用餘光看著後面：「可以開始了……」

行止此時卻尚未褪去衣裳，只看著她的後背，目光微涼。

他指尖在她背後的皮膚上滑過，讓沈璃不由自主地微微戰慄，她蹙眉，奇怪地回頭：「怎麼了？」

行止搖了搖頭，收回手指，似無奈一笑，道：「心疼了。」

這三個字聽得沈璃微怔，她嘴角動了動，最後卻只將頭轉過去，沒有說話。

帶著微微寒意的手臂從後面將她擁入一個涼涼的懷抱，像昨日那般肌膚相貼，如此清晰地感受著對方的心跳。「沈璃。」他在她背後輕聲道：「我欲護妳一生安樂無虞，妳可願意？」

沈璃沉默了許久，只一聲嘆息：「先治傷吧。」她道：「只是這次，千萬別再……我有點原諒不了自己。」

行止在她耳邊輕笑：「妳當我是什麼急色之徒嗎？妳心有不願，我自是不會強迫。而且……昨日妳那般逞強，現在身體應該還不舒服吧。」他這話說得沈璃臉頰一紅，想到昨日那些細節，沈璃只覺臉都要燒起來了。

行止的唇齒落在她頸邊，咬下去之前，他道：「身體的歡愉是其次，我想要的，是讓妳滿足。」

明知不應該的，可在行止的唇觸碰她皮膚的那一瞬，沈璃心裡仍舊起了異樣的感覺。她知道，自己心裡有多喜歡他，身體就有多渴望他。

治療完畢，當幫助沈璃疏通經脈的法力回到行止口中時，沈璃只覺渾身霎時被抽乾了力氣，眼皮重得幾乎抬不起來。睡過去之前，沈璃掙扎道：「我該……回魔界……」

行止抱住她癱軟下來的身體，靜靜立了一會兒，然後才將她放到石床上，為她穿好了衣服，他摸了摸沈璃的腦袋：「我知道妳會生氣，但如今我無論如何也不會放妳回魔界了。」

沈璃再次醒來的時候，只覺身邊皆是和風祥雲，她揉了揉眼睛，視覺在；耳邊有風聲颳過，聽覺在；感覺到自己被人抱著，觸覺在；鼻子聞到身邊人身上淡淡的香味，嗅覺在；她一舔自己的掌心，出過一點薄汗，微有鹹味，味覺也在！

「行止。」她有些亢奮地喊了一聲，身邊的人輕聲應了，她暢快一笑，「五感總算是全部恢復了！」

行止被她的情緒感染，也微微瞇起了眼，又聽沈璃道：「餘下時間只待靜心打坐，不日便可恢復法力，其時，我必當替魔界與自己討回苻生那筆帳！」她話音一落，行止唇邊的弧度微斂，他道：「我替妳討回可好？」

沈璃一愣，肅容搖頭：「他設計害了魔界，又折磨於我，這個仇我要親自來報。」

行止爭辯道：「他意在墟天淵，乃是我留下的禍端，自當是由我去料理。」

沈璃奇怪：「這並不衝突啊，我們對付的是同一個敵人，我要自己報仇，並非不讓別人幫忙。你若想去，咱們聯手便是。」

行止沉默了一瞬：「我是說，只有我去。」

沈璃這才覺得不對，眉頭一皺，問：「這是哪兒？」

「快到南天門了。」

沈璃皺眉：「你帶我來天界作甚！我不是說回魔界嗎？」說著她掙扎著要離開行止的懷抱，卻倏爾覺得渾身一僵，霎時動彈不得。她大怒：「你到底要幹什麼！」

「天外天有自成的結界，外人皆不得入，裡面是最安全的地方，妳在那裡等著，待我料理完所有事情，自會放妳出來。」

沈璃聲色微厲：「你要軟禁我？」

行止看了她一眼：「如果妳非要這麼說，那我便是軟禁妳。」

「荒謬！」沈璃喝斥，「你當真瘋了不成！」

行止不再說話，待入了南天門，守門侍衛見了他，正欲跪下行禮，但見他懷中抱著的人，一時竟看得呆住，兩名侍衛忙上前攔道：「神君！神君！這是……碧蒼王？」

沈璃正在氣頭上，喝道：「自是本王，還不讓你們神君清醒清醒，將本王放下！」可話音未落，她只覺喉頭一緊，行止竟是連嘴也不讓她張了！

真是好極了！

一名侍衛像看呆了一般呢喃自語：「竟還真的找到了……」

另外一名侍衛狠瞪了他一眼，他會意，立馬轉身往天君住處跑去。留下的那名侍衛則拖住行止道：「神君，神君，這可是要回天外天？」

行止不理他，邁步便走，侍衛忙喚道：「神君留步啊！前些日子因你在下界……呃……在東海處行事……稍激，天外天有所鬆動，神君此時回去怕是不好……」

天外天鬆動？

天外天鬆動必定是因為這唯一的神遭到了天道制裁……沈璃驚愕地盯著行止，這傢伙到底在東海做了些什麼！原來他之前身上帶傷，竟是天道力量的反噬嗎……

行止前行的腳步一頓：「可有傷人？」

「只是零星落了點瓦石下來，並未傷人。但是天外天瓦石甚重，將九重天砸出了一些小漏洞，瓦石落到下界，幸而只砸到深山之中，未傷及下界黎民。」

便是幾塊瓦石就如此讓人心驚膽顫……

沈璃暗自咬牙，面對這樣的現實，如果她還耽於自我感情，那未免也太自私了一些。

「嗯，事後我自會找天君商量，你自去守著南天門吧。」行止淡淡落下這話，轉身欲走，那侍衛還要開口阻攔，便聽見天邊傳來一聲高喝。

「神君留步！神君留步啊！」天君竟未乘御輦，獨自乘雲到了南天門。他下了雲，看見行止正抱著沈璃，天君重重地嘆了一口氣：「神君啊！你這是……你這是……何必！」

行止靜默，在天君身後，天界數百名文官武將踏雲而來，一時在南天門前擠滿了人。大家皆是看看沈璃又看看行止，再互相望幾眼，每人口中皆在嘆息，心裡也不知繞了多少個彎子，將沈璃裡裡外外罵了個遍。

他們的神情沈璃怎會看不懂，若易地而處，她只怕也得在心裡唾棄這二人一遭吧，兒女私情焉能與大道蒼生相比？而在這種環境之下，行止卻是一笑，他悄悄對沈璃道：「沈璃，妳是不是從沒想過，自己也有扮『禍國妖姬』這種角色的一天？」

沈璃一怔，只想嘆息，這種情況還開得出玩笑，行止神君……倒也是個人才。

眾人見行止如此，皆是面容一肅，場內安靜下來。其中以天君為首，他雙手置於身前，抱拳躬身一拜：「望神君憐三界疾苦，蒼生不易。」天君身後百官皆俯首跪下，伏地叩首，其聲如浪，湧入行止耳朵。

「望神君憐三界疾苦，蒼生不易！」

在這種情勢下，沈璃動不了，說不出話，而行止也靜默無言。

沈璃看著跪下的仙人與躬身的天君，這些仙人素日裡誰不是一個賽一個地驕傲，如今他們肯如此懇求行止，想來，他們也是拿不出辦法了吧。

沈璃不知行止看到這一幕是怎樣的心情，她在心裡苦苦笑開：

「行止，你看，若是在一起，沒人願意祝福我們的。就算這樣……你還要去冒險嗎？」

第二十一章

一邊是蒼生，一邊是妳

南天門前，氣氛凝重，仙人們齊刷刷地跪了一片，行止也未開口讓他們起來，只抱著沈璃，笑道：「三界疾苦我知，蒼生不易我也知，只是行止如今還未危害蒼生吧？眾仙家以未曾發生的事論行止的罪，實在不該。」

有心急的仙人抬起頭來，微怒道：「神君前些日子在下界以止水術冰封東海十天十夜，違逆天道，以致神體受損，天外天已有所鬆動，瓦石覆下，穿九重天而過，落入下界，雖未傷人，卻已致萬頃山林被毀，連綿大火在人界山中燒了整整半月！連累數百山神土地連日施法滅火，敢問神君，此事可否論罪？」

冰封東海十天十夜！

沈璃愕然，他當時真失去理智了不成！

行止沉默了半晌：「此事是我的過錯，理當論罪。」

那仙人又道：「想來神君也並非時時能控制住自己情緒，這一次便罷，好歹是讓人勸住了。下一次會不會又出甚意外？神君今日尋回碧蒼王，且將她帶走，豈非懸一禍患於三界之頂？敢問神君，讓蒼生如何能安！」

行止目光微涼，天君見狀，忙道：「神君休怪，勿元仙君素日便是這火爆脾性，說話太衝，望神君息怒，只是神君……勿元仙君說得並非沒有道理，還望神君三思。」

天君一開口，跪著的百官便也跟著道：「望神君三思。」

沈璃便與他們一同望著行止，行止望著眾人，聲色薄涼：「此事，乃是我的過錯，與碧蒼王沈璃無半分關係，還望眾仙家不要胡亂指摘。再者，行止有錯，但只錯在妄動神力，違逆天道，並非錯在心屬一人。」

此話一出，眾仙人立時有些不滿，聽行止這話，他這是打算一意孤行啊！

果然，行止像是沒聽到他們的議論一般，雙眸盯著天君，語氣果決，道：「此次天外天鬆動，稍後我自有補救之法。人界山林燒毀，我也願承擔責任。唯獨沈璃之事，我一步也不會退。」

他垂下眼眸，看著懷裡愣愣看著他的沈璃，一瞬間，有些不由自主地讓眼神柔和了下來：「且不論你們，便是她，也不能說不。」

簡直霸道得蠻不講理。

「若有不服者，」行止抬頭，勾脣一笑，「借碧蒼王的話，『儘管來戰』。」

嘈雜盡消，一片寂靜。

行止便在眾人驚愕的目光中，將沈璃帶回天外天，無人敢攔。

天外天上，星辰漫天，神明居住的地方沉澱著萬年不破的肅然與安寧。

行止把沈璃放在他自己的床上，給她蓋好被子之後，望著她，難得苦笑抱怨：「動不動就拿三界蒼生來逼我，這三界，有何人受桎梏如我？」

沈璃直勾勾地盯著他，行止會意，指尖稍稍一動，沈璃喉頭一鬆，她開口：「你立於最高處，受蒼生愛戴，得天之大力，這三界，又有何人受供奉如你？」沈璃道：「哪兒有便宜都讓你占了的事。」

行止一笑：「我不過是抱怨一兩句罷了，這也能討得妳教訓。」

沈璃看了他一會兒，正色道：「在魔界，我未曾幹過粗活重活，吃的東西，穿的衣裳，皆是人家供上來的，我沒有別的本事，唯獨武力強大，能讓人家繼續供著我的理由好似只有靠出賣武力，護得魔界平安。讓幹了粗活重活、心甘情願供著我的人，安生地活下去。」沈璃一頓：「行止神君，或許每個人都有生而該做的事。這是責任，也是使命。」

行止看著她，唇邊的弧度沒有落下，但眼中的光彩卻微微暗淡下來：「妳以為我不知曉這個道理嗎？」

沈璃閉了閉眼，清理了眼底所有情緒。「我喜歡你，比任何人都渴望與你在一起，想在那個小院裡，坐在葡萄藤下，晒晒太陽，吹吹小風。我那麼喜歡你，恨不能把自己的血肉全都融到你的身體裡去，恨不能每時每刻都與你呼吸交纏。行止，你不知道，沈璃有時候因為喜歡你，都快變成連自己也不認識的模樣了。」

她每一個字說得都那麼認真，但每一個字都被她刻意剝離了情緒，「我知道我此生再不可能如此深愛一人，但是，我也更明白，感情並不是我活著的全部理由。我還有非做不可的事，而你也有非承擔不可的責任。所以，行止……」

「不是全部理由，那至少是妳活下去的其中一個理由。」行止打斷沈璃的話，他笑著，摸了摸沈璃的頭，「對我來說這便夠了。」

他起身欲離開，並不想再聽沈璃說下去，只強勢道：「我的責任我自會承擔，而妳非做不可的事，我也會替妳完成。所以妳不用再琢磨使命、責任這些東西，妳想要的，我都會幫妳……」

「你若什麼都幫我做了，那還要我來幹麼？」沈璃微微動怒。

行止的聲音也涼了下來：「妳法力未恢復，什麼事情也做不了，先乖乖躺在這裡，養好身體後，再談其他。」

「我法力恢復後，你便將我的銀槍還我，然後放我回魔界？」

行止一默：「不放。」

「豈有此理！」沈璃向來吃軟不吃硬，見行止如此專橫，頓時大怒，「我做什麼為何要你來同意？我……」

「我會心疼。」行止幾乎是脫口而出，「我會心疼妳。」沈璃一怔，炸開的毛立時像蔫了一般被順了下來，行止接著道：「所以，那些危險的事情都交由我，妳只需好好待著，我便自能安好。」

沈璃神色一軟，微帶嘆息：「行止……沈璃並非供人把玩的雀鳥，不能囚在牢籠裡。」

行止離開的腳步一頓，回頭望了沈璃一眼：「妳如此一說……」他手一揮，數十根冰柱自地中冒出，直插屋頂，將他睡榻之處硬生生變成了一個囚籠，把沈璃囚在其中。

看著沈璃愕然的目光，行止一笑：「反正妳也是生氣，這樣卻能讓我安心一些。」他指尖一動，讓沈璃行動恢復至自如狀態。「飯食我待會兒會送來。」

當……當真是個混帳東西！

行止打算一意孤行到底。沈璃被囚了三天，行止每日都送來飯食，但其餘時間他都很忙，連話也不能陪沈璃多說兩句，轉身便要走。沈璃知道，他要將整個天外天走一遍，看看還有沒有哪裡鬆動了。沒有行止在旁，沈璃倒也能安心打坐，調整體內氣息。

天外天靈氣充裕，給了沈璃意外的幫助，不過三天時間，沈璃身體裡的法力便恢復了六、七成。而且這六、七成的法力比以前精純不少，這真是讓沈璃欣喜不已，但一直被關在囚籠之中，讓她空有一身武力卻無處施展。

想到她走時魔界的狀況，沈璃有些嘆息，也不知他們現在怎麼樣了，魔君的傷有沒有好，都城壞掉的防備壁壘是否修好，噓噓和肉丫在王府裡生活得如何，先前知道她的「死訊」，他們必定極為傷心，如今她被行止找到的消息應當傳回了魔界，他們應該心下稍安，但是見不到面，始終還是心有牽掛吧……

沈璃又是一嘆，卻聽一串略帶急促的腳步聲向這邊而來。

不是行止，行止從來都是不疾不徐的。沈璃眉頭一皺，登時戒備起來。

女子綽約的身姿闖入沈璃眼眸，幽蘭走得氣喘吁吁，終於看見沈璃，她臉上一喜，但見沈璃身前立著的數十根冰柱，臉色又是一白。沈璃皺眉看她：「妳來作甚？」

幽蘭兩步上前，對沈璃道：「天君欲對妳動手，我來帶妳走。」

沈璃奇怪，皺眉不動，幽蘭見狀，又上前兩步道：「昨日我不經意路過天君寢殿，但聞他與幾名武將相商，今日設計引行止神君去下界，而後讓人上天外天餵妳吃腹心丹。」

「那是什麼東西？」

「此藥能令服食者魂飛魄散，但身體卻完好無損，且它在服食者死後會占有這具身體，並按照主人的指示來行動。天君想將妳殺掉，然後把妳的身體變成傀儡。」幽蘭急道：「算算時間，他們應當快來了，但……這……這冰柱該如何是好！」

沈璃一默：「我有兩個疑問：其一，天外天不是有結界嗎，你們如何上得來？其二，我為何要信妳？」

「天界帝王一脈有上古時期神明所許，通往天外天的資格。那幾位將軍皆是我叔父，與我一樣有帝王血，所以能上得了天外天。至於為何信我……」幽蘭一頓，倏爾垂了眉目，「王爺，若妳看過神君那副樣子，便不會再有如果妳不在，他就會好起來的想法了。我只是……不想讓情況變得更糟。」

沈璃一默：「勸住他的人，是妳？」

「是神君，心死了。」幽蘭目光微哀，她輕輕嘆息著閉上眼，似是不忍，「可饒是如此，他還是一日不停地在東海之上徘徊，這世上最接近天的人，就像被上天拋棄了一樣，只會無望地尋找和等待，不過幸好……」她抬眸看了沈璃一眼，眼底還藏了幾分別樣情緒：「幸好王爺安康。」

沈璃垂眸，回憶起那日海邊相遇，行止的心情，怕是她這一生都難以體會吧……

沈璃深呼吸，道：「妳退後。」

幽蘭依言退後，只見沈璃探手握在其中一根冰柱之上，她掌心霎時竄出一簇烈焰，繞著冰柱而上，但烈焰之後，冰柱只是稍稍落了幾滴水珠下來，並未融化。沈璃皺眉。幽蘭道：「這必定是神君以止水術凝出來的，尋常火焰根本奈何不了它。」

沈璃一哼：「誰道我這是尋常火焰？」言罷，她握住冰柱，掌心通紅，沉聲一喝，被她握住的那根冰柱霎時冒出白煙，不消片刻，冰柱一軟，沈璃一腳將它踹斷，從縫隙裡擠了出來。

看著掌心冒出的寒氣，沈璃甩了甩手：「這止水術確實有些本事。」便是行止隨手一揮而就的東西就如此難化，若他較了真，那她豈不是得一直被關得死死的。

「走吧。」沈璃道：「天界的將軍尋來都還是小事，若行止回來那便是當真跑不了了。」

與幽蘭一同走到天外天的大殿之中，沈璃鼻尖倏地一動，她驀地側頭一看，登時腳步一頓。

在前方急急帶路的幽蘭聽見沈璃腳步聲漸遠，她回頭一看，見沈璃失神地往大殿中間而去，而在那大殿正中立著一桿紅纓銀槍。幽蘭見過，那是碧蒼王的槍，只是……這銀槍不是斷了嗎？當初雖聽說行止神君強行將它自魔君手裡要了過來，但怎麼也沒想到，他竟然將這槍修好了，還放在天外天的大殿之中。

銀槍與沈璃似有所感應，沈璃每靠近一步，銀槍便發出激動的嗡鳴聲，猶如在恭迎自己的主人。

沈璃在銀槍跟前立了一會兒，細細打量了它許久，倏爾一笑，探手便將槍身握住，如同數萬次與它共赴戰場時一般。銀槍在沈璃手中一轉，殺氣攪動天外天肅靜的空氣，槍尾「鏘」的一聲，插入堅硬的石板之中，捲起的氣流激蕩而出，撩起殿外幽蘭的髮絲與衣袍。

幽蘭愣愣地看著大殿中的女子，見她脣角含笑，手中銀槍嗡鳴，泛著寒光的利刃似乎在吟誦歡歌。沈璃那一身將王之氣刺目得讓人不敢逼視，但也正因如此，才過分美麗。

這才是沈璃。

握著槍，挺直背脊，彷彿天塌了也能靠一己之力頂起來的碧蒼王。

「好夥計，我還以為再無法與你並肩而戰。」沈璃輕撫槍上紅纓，然而感慨之色不過在她臉上出現了一瞬，她便斂了神情，輕聲呢喃：「日後還是得勞煩你啦。」

言罷，銀槍在她手中化為一道光芒，轉而消失不見，她邁步走向幽蘭，步伐愈發堅定。「我們趕快離開。我不想與你們天界的人在這種時候動手。」

幽蘭一愣，連忙帶路。走了一段距離，幽蘭倏地感覺到空氣中有幾絲氣息躁動，看樣子是天界的人找來了。幽蘭回頭望沈璃，有幾分怔然，是她的錯覺嗎？為何她覺得，如今的沈璃好似比先前更敏銳了。

沈璃與幽蘭屏息躲過那幾名將軍，自出口踏入天界。

自上次遭襲之後，天界的戒備確實森嚴了不少，但那些警衛還不足以察覺到幽蘭與沈璃的行蹤，她們直奔南天門而去，途經一處，沈璃往下一望，不經意地問：「在那之後，天界可是又曾遇襲？」

幽蘭順著她的目光往下一看，霎時明瞭：「王爺不記得了嗎？那是拂容君的住所啊。」

沈璃微怔：「拂容君？他的住所如今為何變成了這樣？」只見院子不知被什麼東西炸過，地上有一個大坑，院裡的紅花綠草顏色盡褪，像是被什麼東西洗過一般，一片蒼白。

幽蘭一聲恨鐵不成鋼的嘆息，但言語中又有幾分感慨：「我那不成器的弟弟自小便沒做出什麼值得家人為之驕傲的事情，這一次，在知道魔界的墨方將軍……啊，現在已不能叫將軍了吧。知道那個人死後，我這弟弟有幾分發了狂似的，體內法力爆發，把自己的院子炸了。他法力極純，竟是將花草也盡數淨化。此後他暈了許久，後來又知道了墨方叛變的消息，整個人沉默了不少，也不讓人打理院子，所以才有了妳看到的這副模樣。」

沒想到這拂容君還是真心仰慕墨方的，沈璃有幾分驚嘆，而且……他的法力竟當真如此純淨，原來此前他誇耀自己這方面的能力倒還真不是吹牛。

沈璃也沒有多想其他，只看了下方一眼，便繼續向前。

行至南天門，幽蘭先與沈璃藏在暗處，幽蘭道：「神君現在應當在人界忙碌，妳若要去找他，往東走。」

沈璃搖頭：「我要回魔界。」

幽蘭一怔，隨即明瞭沈璃的意思，她目光微暗：「我雖不清楚妳有什麼堅持，但若可以，幽蘭希望你們可以一起去面對。」沈璃靜默，幽蘭對沈璃行了個禮，說：「我先去將守門侍衛引開，待尋得機會，王爺請自行離開。」

言罷，幽蘭邁步出去，不知對那兩名守門侍衛說了什麼，引著他們往一個方向走去。不過眨眼的時間，沈璃身影如風，轉瞬便躍下南天門，消失在層層雲海之中。

幽蘭知她離開，並未回頭，目光放得又高又遠：「剛才那邊的動靜好像是我看錯了。」她道：「像一場夢。」

穿過兩界縫隙，再踏到魔界之中，沈璃只呼吸了一口魔界的空氣便立時皺起了眉頭。

自行止重塑封印之後，墟天淵不再溢出瘴氣，魔界空氣日益乾淨。而今日一嗅，這空氣竟比之前更惡濁。想來也是，行止先前遭天道反噬，由他神力所繫的天外天落下瓦石，因他而成的墟天淵自然也不能倖免，想必是封印有所鬆動吧。

魔君此時必定極為頭痛吧……

沈璃轉而想起先前行止與她提到苻生的目的，那傢伙在打墟天淵的主意，苻生若是想破開封印放出妖獸，此時豈不是大好時機！

如此一想，沈璃登時覺得片刻也耽擱不得了，駕雲逕直向魔宮而去。然而未入魔宮，沈璃又頓住了腳步。

沈璃腦海裡不由自主地浮現行止先前的話語，魔君給她的碧海蒼珠，魔君又教她與碧海蒼珠相沖的能力，魔君還有事瞞著她……饒是沈璃心性再如何堅定，在面對這一系列事情之時，也難免產生了幾分懷疑。

但在她游移不定之時，忽聞一聲驚呼：「王爺！」

魔界將士的警戒性總是比天界將士要高上許多，豈有任人立在頭上這麼久而不察的道理。沈璃往下一看，是軍中的義晟將軍，因著他的一聲呼喚，所有人皆抬起頭來，看見沈璃，人聲一時嘈雜開來。最後，不知是誰帶的頭，單膝跪下，俯首叩拜，行的是魔界軍中最高禮儀，眾將士皆隨著他放下兵器屈膝於地，俯首一拜，大聲道：

「恭迎王爺凱旋！」

「恭迎碧蒼王凱旋！」

沈璃並未勝利，在先前與苻生的那一場戰鬥中，她可以說是慘敗。折了大將，搭上自己，若無叛變的墨方相救，若不曾遇見徘徊在東海的行止，她怕是早就死了。

但她卻理解將士口中的「凱旋」，這個「凱旋」不是給她的，而是將士送給魔界大軍的。不知對多少將士來說，這個從不打敗仗的王，是他們心中的信仰；沈璃的存在，於他們，便像是一面永不倒下的旗幟。沈璃若死，傷的不僅是魔界的實力，更是軍隊的士氣。

而今她歸來，對魔界來說便是大喜，她平安，便是勝利。

沈璃落在地面，一拍義晟的肩，讓他起來。

大家許了她太多期望，而這些期望，便是她如今無論如何也要守在這魔界疆土的理由。

「都起來！」她揚聲一喝，「速歸各位，各司其職，不得有誤！」

眾人領命，沉聲答「諾」。聲入雲霄，沈璃不由得脣角一勾，又回身扶起仍舊跪著的義晟，打量了他兩眼：「軍中可好？」義晟被沈璃扶了起來，素日沒什麼表情的臉此時卻有些激動難耐：「回王爺，一切安好，只是……大家都在等著妳回來。」

沈璃點頭，笑道：「我回來了。」

義晟卻又「撲通」一聲跪了下去。沈璃微怔：「怎麼？」義晟沉默了許久，才道：「此前，王爺戰亡之消息傳來，是屬下將其報上天界，彼時行止神君恰好在天君身旁，我當著他的面，賭咒發誓說王爺已戰死，若不屬實，甘受雷劈……」他似是身子一軟，坐在地上，仰頭望著沈璃，哭笑不得地道：「王爺，妳這可是害苦了屬下啊！」

沈璃聞言，倏爾大笑：「若行止當真要降雷劈你，我替你受了！」

義晟忙道：「王爺才回來，需要靜養，這雷，我來挨，我來挨便是！若得幾記天雷便能換回我魔界碧蒼王，義晟甘願日日皆受雷劈！」

沈璃斂了臉上的笑，只沉沉地拍了拍他肩膀：「去忙自己的事吧，我有要事與魔君相商，先走了。」

不管魔君有什麼打算，不管魔君這些年到底是懷著怎樣的心思對待她，沈璃心想，能治理出讓大家都心甘情願為魔界付出的軍隊，這樣的人，怎會對魔界不利，又怎會坑害自己親手養大的孩了？

敲響魔君寢殿的大門，沈璃在外面靜靜等了一會兒，忽聞裡面咳嗽了兩聲，魔君才道：「何事？」

這個聲音她從小聽到大，但今日，這聲音裡卻多出了許多掩飾不住的疲憊和沙啞。這一瞬，什麼陰謀猜忌都被沈璃拋在了一邊。她推門進去，熟悉地繞過屏風，走到裡榻旁，看見臥在榻上的魔君，沈璃神色一痛：「怎麼傷還沒好？」

看見沈璃，魔君立時從榻上坐起身來，因太過激動，又狠狠咳了兩聲。

沈璃在她榻邊坐下，輕輕拍了拍她的背，魔君伸手將沈璃手腕拽住，捏得那般緊，像害怕沈璃跑了一樣。「阿璃，我知道妳沒那麼容易死。」她邊咳邊道：「師父一直相信妳還活著。」

沈璃在這一瞬便紅了眼眶：「師父……徒兒不孝……」

魔君搖頭：「回來……咳！回來就好。」

又是一陣猛烈的咳嗽，她似要將五臟六腑都咳出來，沈璃又輕輕拍了拍她的背，輕聲詢問：「上次受的傷怎麼還沒好？」

魔君搖頭：「不過是最近幾日累了……」她話未說完，握住沈璃手腕的手倏地一僵，而後將沈璃的衣袖推上去，把住沈璃的脈。沒一會兒，她一聲嘆息，語氣中情緒難辨，「那顆珠子……終是被妳全然吸納了。」

沈璃拍撫她後背的手微微一頓，聲色微沉：「師父，沈璃有事要問。」沈璃斟酌了一番說法：「此次遇險，阿璃有幸得行止神君相助，而後另有一番奇遇，助我療傷的那位高人說，這顆碧海蒼珠更像是妖的內丹，而師父妳教我修習的法力、術法皆與這碧海蒼珠相剋，師父……」

「妳既已知曉這麼多，事情也進展到如今這一步，我便不該再瞞妳。」魔君悶咳兩聲：「妳將我扶到書桌旁，我們換個地方聊。」

又是那個書桌下的傳送法陣，像上次魔君將碧海蒼珠給她時一樣，法陣將兩人送到寂靜如死的神祕祭殿之中，殿中高臺上空供奉著的珠子已經不見。魔君推開了沈璃，不讓沈璃繼續攙扶，她緩步上前，取下了面具，變幻身形，恢復了女兒身。

高臺之前，她靜靜立了一會兒。「那已經是許久之前的事情，久到連我也不大記得細節了。可是，妳母親與我一同在此參拜先師的模樣，我卻一直記到現在。」

「我……母親？」

「妳母親比我晚三個月入門，拜師之後與我同住一屋，每日皆與我同來參拜師父。她性情隨和，得師父喜愛，便也時常侍奉師父左右，師父愛煉藥，偶爾也會傳習她一些煉藥制物之術，她天資聰慧，不消三年，師父門下便只有她承了師父最多本領。這本是一件好事，但……」魔君垂下眼瞼，「先師心中尚有他念，煉製之術越高越無法安於現狀，最後，他製出一種怪物，而那樣的怪物，妳已與牠們交過手了。」

沈璃聲色沉重：「是墟天淵中的妖獸？」

「沒錯，妳母親與我的師父，正是魔界前任君王，六冥。」

魔君踏上高臺，手指輕抹那供奉珠子的祭臺上的塵埃。「第一隻妖獸被成功做出來的時候，身為師父門下弟子，人人皆是高興而激動的，大家都知道，這於魔界軍隊而言，可是一個大殺器。然而當妖獸陸陸續續、毫無節制地被師父製造出來後，場面開始有些失控。在偶爾管理不當之時，妖獸會將同門弟子拆吃入腹，也有妖獸逃竄出去，傷害魔界百姓。

「朝中抗議之聲漸重，然而師父仍舊一意孤行，不停地製造著妖獸，好像真的要如他打算的那般，組建一支妖獸的軍隊，然後率領著這樣的『軍隊』攻上天界，將那些高高在上的仙人拉下來，讓他們俯首於魔界，以魔族為尊。」

沈璃搖頭：「當士兵成了軍隊的主宰，將軍便再無作用，而將軍是頭腦，士兵是兵刃，沒有頭腦的軍隊，不過是一堆只會殺戮的機器。妖獸只怕更不在那人的控制當中……彼時，魔界定是一片生靈塗炭。」

魔君點頭：「其時，不管是朝中還是門派裡，皆是反對的聲音，然而妳母親卻極力支持六冥……」沈璃一呆，魔君嘆道：「他們也看到了妖獸的危害，六冥自身法力不足以控制這麼多的妖獸，所以他傾盡全力煉製出比其他妖獸強出數倍的妖獸之王。妖獸王誕生之初只是一個小孩，與尋常人家的孩子無異，六冥為其取名為鳳來，著妳母親照顧，令其吸納天地靈氣而長，相較其他貿然出現於世的妖獸，他更像是自然而生的怪物，因此力量更為精純強大。

「鳳來長得極快，不過三個月時間便與尋常青年無異，而誰也不曾料到，一隻妖獸，竟對照顧他的人產生了愛慕之情。」

沈璃愕然，似有些不敢相信魔君話裡的意思，魔君眉目一沉：「更沒人想到，妳母親也同樣愛上了他。」

沈璃怔然垂頭，看著自己的掌心，微顫著呢喃：「我是……妖獸的孩子？我是……」她想到從墟天淵裡跑出的蠍尾狐的模樣，登時眉頭一皺：「那種妖獸的孩子……」

魔君沉默了一瞬：「而後不久，朝中大臣私自通報天界，道出妖獸之禍，天界皆驚，派兵前來。然而當時六冥已造出數千隻妖獸，天界將士亦是慘敗而歸，最終天君請動行止神君下界。行止神君以一人之力獨戰數千隻妖獸，斬六冥，擒鳳來，最後與天界將士合力將數千隻妖獸逼至邊境，開闢墟天淵，將妖獸盡數封印於其中。

「行止封印妖獸之後，元氣大傷，立時便回了天外天，天界軍隊也迅速撤離，彼時妖獸雖盡數被封，六冥已亡，而魔界卻仍舊亂成一團，一派聲稱要擁護六冥妾室腹中幼子為王，另一派決心屏棄六冥一黨的作風，欲立新主。兩派爭鬥不斷，有了長達數月的戰爭，我知曉六冥一黨的作風，若不將他們趕盡殺絕，他日他們必定捲土重來，而其中仍有支持以妖獸之力推翻天界者。我於戰場之上立下戰功，本是無心，卻得幾位長老推薦，登上魔君之位。而最後一次見妳母親……是在邊境的戰場上，我們將六冥一黨徹底擊潰之時，他們正謀劃如何破開墟天淵，逃進封印之中。而妳母親正在其列，且她此時已近臨盆。我私自將她帶離戰場，尋一草木之地助她生產，彼時我才知曉，妳母親在知曉鳳來被封印之後，隻身一人前往邊境，而到了邊境之後卻入不得墟天淵，知曉六冥一黨的圖謀之後，方才與他們一道，她想去封印之中見妳父親。」

沈璃咬緊唇，握著拳，隱忍著一言不發。

「生下妳後，妳母親出血不止，而妳體內妖獸之氣太重，她心知自己活不成了，為保妳今後不致被天界和魔界之人追殺，她便拚著最後的力氣將妳體內妖獸之氣抽出，化為碧海蒼珠，交於我手，最後力竭而亡。她最後的心願，便是妳一生都能遨遊碧海蒼穹，不受身分桎梏，不像妳父親，遭受囚禁之苦。現下想來……這碧蒼王的名號，也算是妳母親賜給妳的。」

曾經有一個人為了她而付出生命，但是她卻什麼也不知道，而當她知道的時候，時間已經遲了那麼久。

沈璃只覺渾身無力極了，她啞聲問：「她現在……屍骨何在？」

「她說要陪著妳父親，但卻不讓我立碑，怕有人找到，捕風捉影連累了妳。我將她葬在墟天淵旁，而今怕是早已尋不到了。」

「墟天淵旁什麼都沒有。」沈璃在那裡戰鬥過，她神色微暗，「什麼……都沒有。」

魔君在高臺的臺階上坐下，拍了拍身旁的位置，示意沈璃過去。沈璃垂著腦袋走過去坐下，魔君摸了摸她的頭：「妳自幼與我修習法術，我教妳的皆是與妳體內妖獸之力相剋的法術，我與妳母親一樣害怕，若是有一天外人知曉了妳的身分，可會憎惡於妳？然而妳一天天長大，活得那麼精采，我又在想，妳是有權利知道自己身世的。先前那次蠍尾狐逃出墟天淵，我心裡既不想讓妳去，又想讓妳去，而後知道妳到過瘴氣洩漏的墟天淵，但卻沒有沾染瘴氣，我心想，妳自制力極好，也是時候將碧海蒼珠還給妳了。而還給妳之後，我卻一直在害怕，妳若變成我所不認識的沈璃，我又該如何是好……」

「師父……」沈璃道：「生我是恩，養我也是恩，沈璃怎麼可能朝夕之間便不認妳這養育之恩了。不管我出身如何，沈璃就是沈璃，與身分無關。」

魔君摸了摸她的腦袋，靜靜坐了一會兒，方道：「苻生等人約莫是六冥一派的殘黨，休養千年，他們總算捲土重來了。墨方之事我已聽說，我若不曾猜錯，他應當是六冥妾室腹中的那個孩子。我知妳重情，但他既已叛變，戰場相遇便不能再手下留情。」

沈璃想到那日墨方將她從那個小屋中救出，然而這遲疑不過在她腦海裡一閃即逝，她點頭應道：「阿璃知道。」

「另外……行止神君與妳……」魔君一頓，察覺到沈璃身子微僵，她一聲嘆息，「千年來，我一直感激神君當年救魔界於水火之中。當初他提議讓拂容君娶妳，此前我本也不知道他到底意欲何為。直到此次拂容君力量爆發，將自己院中草木盡數淨化一事傳到魔界之時，我才知曉，拂容君竟有此能力，若妳嫁與他，必定日日受其仙力淨化，體內魔氣盡消。想來行止神君當時雖不知妳的身分，但也對妳的力量有所察覺吧。

「他是神君，身上責任太重，若有朝一日他知曉妳的身分，恐怕會為蒼生而殺妳。」

魔君語氣一重。沈璃只垂眼靜靜看著地面：「我想……他恐怕早就知道了。」

魔君一愣，沈璃道：「此前，我愛上的那個凡人行雲便是他下界投的胎……彼時孟婆湯洗掉了他滿身修為，卻沒洗掉他身為神明的記憶。而在那一世，我隨妳回魔界之前，為救他命，渡了五百年修為給他。」沈璃一笑：「再怎樣將妖獸之力抽乾淨，身體裡始終還是會保留一些氣息吧。他那時應該已知道了。」

在魔界重塑封印時將她帶著一起去，那時他或許是動了殺她的心思吧，最後卻沒能下得了手嗎……

沈璃恍悟，原來在那時，行止便開始有點不像行止了，不再只是一個心中只有蒼生的寡淡神君。所以那段時間……他對她若即若離，忽近忽遠……

行止，他也曾那般動搖過啊。

大地倏地一顫，魔君面容一肅，戴上面具，身形一變，再次化為黑衣冷漠的君王。「震動能傳來此處，外面必定有變。」魔君將沈璃一牽，凝了法陣，轉眼間，回到了她寢殿之中。

還未推門出去，沈璃便覺一股極其濃郁的瘴氣瀰漫在空氣當中。她眉頭一皺，見魔君已率先開門出去。

饒是沈璃見過再多的廝殺場面，此時的魔宮仍是讓沈璃驚了一驚，方才還巍峨的宮殿此時已盡數坍塌，亭臺屋宇化為灰燼，宮城之中遍地橫屍，鮮血如洗。而在不遠的地方，一條青色大龍忽而仰天長嘯，其聲彷彿穿透九霄，振聾發聵。「墟天淵……妖獸……」魔君似不敢置信一般低聲呢喃，她一咬牙，「竟然逃出來了。」

沈璃心中亦是一驚，這……竟是墟天淵的妖獸！竟從邊境奔逃到了都城！而且，若有妖獸逃出，定不止它這一隻……沈璃手中銀槍一現，攔在魔君身前，然而忽然之間，她卻看見那龍頭之上還高高立著一人，看清他的模樣後，沈璃拳頭握緊，聲若地獄修羅：「苻生。」

這一片狼藉又是他所為，這些族人……竟又喪於他手！新仇舊恨湧上心頭，沈璃雙目倏爾轉為赤紅，指甲驀地長長，沒聽到魔君的阻止聲，她未發出半分響動，身影如電，轉瞬便殺至苻生背後，一桿銀槍舉起，直刺苻生後頸。

一槍刺中，只見苻生頸脈破裂，鮮血噴濺，而沈璃卻沒罷手，但見

「苻生」的身影漸漸隨風消散。她逕直回身，橫掃一槍，槍尖掠過身後人耳邊鬢髮，青絲散下，苻生急急退開兩步，立於弓起的龍脊之上，笑得陰沉：「王爺功力精進不少。」

沈璃勢力未收，只將銀槍收回，在手中如花綻放般一轉，但聞她沉聲一喝，槍尾驀地扎入身下妖龍的頭顱，蠻橫的力量宛如一記重錘撞入妖龍頭顱，將牠腦袋狠狠砸在地上。「轟隆」一聲巨響，塵土飛揚，妖龍龍尾亂掃一陣，最後無力垂於地上，巨大的妖獸被這逕直一擊撞得昏厥過去。

塵埃在沈璃身旁落定，她持銀槍立於龍首，目光如冷劍一般落在苻生身上。與彼時狂亂的紅瞳不同，此時她眼中沉澱了狂氣，極其理智，而那一身殺氣卻刺得人膽寒。

槍尾自龍頭顱骨中拔出，沈璃以槍尖直指苻生：「上來送死！」字字鏗鏘，洶湧而出的法力激得苻生微微戰慄。然而越是戰慄，他臉上的笑便越是瘋狂。

「哈哈哈哈！好！好！好！碧蒼王如今變得如此厲害，當真是我輩之大幸！」他似已完全恢復，臉上沒有半點被燒過的痕跡。他陰冷地勾了勾唇角，「我今日來，本是為引妳回魔界，而妳已身在魔界，這當真是再好不過……」

沈璃聽得這話，眉頭一皺，不知此人又有何陰謀，瞥了眼腳下的妖獸，沈璃沉聲問：「你將墟天淵的結界如何了？」

「哼，行止君自己的過錯，致使墟天淵封印鬆動，這也能怪到我頭上？」苻生微微瞇眼，轉而一笑，「哦，是了，行止君犯錯，著實該怪到我頭上。不過，王爺這話倒是冤枉在下了。」他意味不明地一笑：「在下現在可是這世上最不希望墟天淵封印毀掉的人，若是它毀了，連累魔界倒是小事，若將其中妖獸一同埋葬，我可要頭疼了。」

墟天淵封印強大，當初行止造封印之時藉助五行之力，將其與魔界相連，依附自然之力方可成此大結界。千百年來，墟天淵早已與魔界融為一體，若墟天淵消失，其中妖獸固然能被盡數消滅，但魔界也將成為妖獸的陪葬。

沈璃知曉此事，苻生說不毀封印，這對魔界來說本是好事，但從他嘴裡說出來，只讓人覺得他有更可怕的陰謀。

身影再動，沈璃縱槍劈向苻生頭頂。「你到底在謀劃什麼！」沈璃厲聲問。

苻生倏爾一笑，揮劍擋開沈璃。「我此次便是來邀王爺共商大事的。」他舉劍主動攻上前來，兵器相接的聲音與他的聲音一同響起，「王爺可是計畫當中不可或缺的一部分啊！」

「本王豈會如你所願！」話音一落，沈璃銀槍之上附著赤焰，逕直向苻生刺去。苻生橫劍來擋，然而劍身尚未與銀槍相接，便見那劍如融掉一般，軟了下去，沈璃一槍直指苻生咽喉。情急之中，苻生向後一仰，就地一滾，略顯狼狽地躲過這一擊。他摸著自己被燙得發紅的咽喉，眉宇間竟有些瘋狂的情緒在流動。

「是了……就該是這樣。」他失神一般呢喃自語，「該是這樣。」他近乎瘋狂地看著沈璃，仰天大笑。「碧蒼王！今日我必將妳帶走！圓我千年夙願！」

他手中忽現一支短笛，笛聲清脆一響，天空烏雲驟來，而在那烏雲之上，竟是數以千計的魔人！

沈璃眉目一沉，想起上次從天界回來時，看見的魔界景象，那些停在靈堂中的將軍屍首，還有千家萬戶掛起的蒼白帷帳。她握緊銀槍，立誓一般：「此次，本王決計不會再讓你們肆意妄為。」

然而當沈璃做好一切準備之時，跟前風一過，黑色身影擋在她身前，魔君靜靜道：「妳退下。」

沈璃一愣，微帶詫異：「師父？」

魔君側頭，淡淡看了她一眼：「離開這裡，去天界。」

沈璃愕然：「師父……為何？」

魔君尚未答話，苻生忽然大笑起來：「沈木月啊沈木月，過了這麼久，妳的感覺還是這麼靈敏，不愧是主上的得意弟子。」魔君沉默。苻生笑道：「沈璃，妳不是想救魔界嗎？我有一法能使魔界與墟天淵脫離關係，若妳願助我，魔界便再不用受墟天淵桎梏。」

沈璃眉頭一皺，魔君逕直打斷苻生的話，提醒沈璃：「休要受他言語蠱惑。」

「是不是蠱惑，該由王爺自己來決定。」苻生道：「墟天淵是行止藉助五行之力與魔界相連的，只要斷其五行力量，便可斬斷它與魔界的聯繫，而五行之中，我已尋到四樣替代之物——金、木、水、土，獨獨缺火。只要將五行封印之物與五行之力進行替換，墟天淵封印從此便與魔界再無關係。」苻生陰冷一笑：「王爺可願助我一臂之力？」

沈璃皺眉：「你欲讓我替代火之封印？」

苻生臉上的笑有些瘋狂。魔君聲色一冷：「休再聽他胡言亂語，墟天淵封印以魔界五行之力為依憑仍舊會鬆動，而這世間有幾樣東西能與天道力量相比？即便他當真找到了可替代的四物，那也只能將墟天淵撐住一段時間，他不過是想在墟天淵毀掉之前放出其中妖獸罷了。」

苻生咧嘴一笑：「山神為木，地仙為土，北海三王子為水，金蛇大妖內丹為金，王爺，妳應當知道我在說什麼。」

沈璃愣住。

「我助妳斷開墟天淵與魔界的聯繫，妳助我放出妖獸，彼時墟天淵坍塌，危害不了妳魔界。」

怔愣不過在沈璃臉上停留了一瞬，她眉目一沉：「那又如何？數千隻妖獸同樣會害得魔界生靈塗炭。既然同樣是毀滅，我自是不能讓你痛快了去。」

苻生笑容微斂：「既然如此，可別怪我動狠。」

他手中短笛又是一響，空中廝殺聲大作，魔人傾巢而出。魔君將沈璃擋住：「他們的目標是妳，妳躲去天界，休得讓人抓住！」

沈璃一咬牙：「這種時候我如何能自己走！」

「他們若抓了妳，換了封印，彼時墟天淵洞開，妖獸盡數逃出，禍亂更難控制。」魔君聲色一厲，「這是王命！還不快走！」

魔君推了沈璃一把，隻身上前，魔君手中驀地現出銀光長劍。她摘了面具，身形一換，沉聲一喝，手中長劍向天一揮，巨大法陣在天際鋪開，暫時阻擋了魔人前進的腳步。

就是這柄長劍，從沈璃小時候起，它便隨著師父一起教習她武功，從最簡單的隔擋到各種複雜的招式，從她連樹枝也握不穩，一直到她能提槍獨自上戰場，師父對她而言，不僅僅是教習她法術武功的人，更是陪伴了她前面所有的人生的人。她那麼用功地學習法術武功，為的便是能讓師父與族人可以在自己的庇護之下安樂生活。

但是現在……現在師父卻還要為了她去拚命廝殺，魔界也是因她而飽受劫難。此刻師父更是要她拋下她無論如何也想保護好的人，獨自逃走，這不是……本末倒置了嗎！

她如何能走！

苻生瘋狂地笑著：「沈木月！妳倒是越發不自量力！我看妳拖著這殘破身軀，如何能擋我數千魔人！」

沈木月一笑，神色輕蔑至極：「區區殘次品，也敢叫囂造次？」這樣的神情倒是與沈璃有三分相似。或者說，沈璃的性格便是受了她極大影響，沈璃一直將她做為目標，崇拜著，渴望著成為她這樣的人。

沈木月這話彷彿刺痛了苻生心中最隱祕的部分，他臉上神色一變，憤恨得面目扭曲：「死到臨頭，還嘴硬。」

他手中短笛又是一響，空中魔人衝開沈木月方才鋪開的法陣，落在地上，魔人們一擁而來，彷彿要將沈木月圍在其中。她目光一冷，手中寒劍一凜，劍氣升騰，數十個魔人皆被刺破咽喉，然而他們卻沒有死，只在地上蠕動兩下，就又爬了起來。這一圈魔人尚未解決，周邊又圍上了數十人，苻生笑得猖狂。

沈木月手腕轉動，目光左右一轉，似在尋找下手契機，然而此時胸腔卻猛地一痛，她驀地嘔出一口黑血，是先前的傷又發作了。疼痛一陣陣襲來，讓她微微弓起了背。

魔人們抓住機會，一湧而上，將她圍在其中，似要將她分食入腹。

其時，一簇烈焰卻從魔人圍繞的中心燒灼起來，但凡被此火燒灼的魔人，立時皮焦肉爛，且火勢凶猛，只要挨著一點，便立即在周身蔓延。圍繞著沈木月的魔人一時哀號不斷，盡數散開。

沈璃持銀槍立於沈木月身前，沈木月捂著胸口，咬牙道：「為何不走！」

沈璃只冷冷盯著苻生。「魔君為何只想到沈璃被他們帶走，而不想想沈璃如何將他們送走？」

苻生看見她周身烈焰，笑得更為詭譎。沈璃眉眼一沉：「你的陰謀，且去耍給閻王看吧！」

廝殺拉開帷幕，魔人們將沈璃與魔君圍在中間，苻生在空中冷冷望著下方，看著沈璃一桿銀槍舞出血的畫卷。

她的槍極熱，扎進魔人的身體後，魔人便燒灼起來，被火焰燒為灰燼的魔人越來越多。然而苻生並不著急，他在等，等尚未恢復全部法力的沈璃筋疲力盡。

顯然這烈焰之術極是消耗體力，不過一刻鐘的時間，沈璃的臉色便有些發白，而魔人像是永遠殺不完一樣，一批批擁上前來。沈木月見狀，一抹脣角的血，結印在地，蠻橫的法力將魔人盡數攔在圓環形的法陣之外。她沉聲一咳，黑血噴灑於地，她頭也未抬，道：「殺苻生！」

知道勸不走沈璃，她索性改了戰術，指揮沈璃道：「這些人沒有自我意識，殺了苻生，魔人將會如一盤散沙。」

沈璃仰頭一望，苻生立於高處，目光森冷。沈璃回頭看了魔君一眼，一咬牙：「師父且撐一撐。」有法陣攔著，沈璃暫且放心了，她縱身一躍，離開沈木月身邊。

苻生但覺眼前一花，銀槍便殺至他跟前，他舉劍來擋。苻生的力量並不弱，但如今沈璃的反應已比先前迅速了不知多少，短兵相接，不過三、四招，沈璃便一槍扎進了他的胸膛，然而苻生臉上卻不顯痛色，他眼中盡顯瘋狂，彷彿在期待什麼。

沈璃但覺不妙，正欲抽槍回身，忽覺身後光線一暗。

魔君一聲「當心！」尚未傳入耳中，沈璃回頭看見一張血盆大口已經張開，竟是昏厥於地的那條妖龍甦醒過來了，牠張著嘴，眼見便要將她吞食進去。苻生猖狂的笑與那妖龍大嘴之中的血腥味刺激著沈璃的聽覺、嗅覺和視覺。她瞳孔緊縮，正是電光石火之間，風聲忽來，好似一切都靜止了一般，熟悉的手將她攬進懷中，那一縷令人幾乎嗅不到的淡香，竟神奇地消除了所有惡臭。

男子的一條手臂置於沈璃腰間，將她緊緊抱住，白衣飛舞的神明掌心寒氣凝出，凍住了那張血盆大口，龍頭被凍為一個冰球。行止面色一寒，一個「破」字淡淡出口，冰封的龍頭霎時碎裂出無數裂紋，但聞一聲巨響，那龍頭逕直被炸得粉碎。神力餘威不減，貫穿整個龍身，將妖龍完全撕為碎屑，紛紛揚揚的血與肉灑了滿天，待一切落定，愣神中的眾人恍然驚醒。

苻生不甘地一咬牙，不顧沈璃的銀槍正穿在他的胸腔，猛然往後翻去，鮮血溢出，卻不是鮮紅的顏色，而是一片青黑。他立於遠處，手中凝聚法力覆於胸口，等著傷口癒合。他抬眼一看，那邊的行止竟看也未看他一眼，只盯著自己懷裡的人，沉了眉目。

沈璃見苻生跑遠，下意識便想去追，而腰間的手卻是用力一攬，將她死死扣住，讓她不得再動分毫。沈璃抬頭一看，但見行止一臉冰冷地看著她，沈璃不由得背脊一僵，心中竟莫名起了幾分愧疚，她朝左右看了看，神色有幾分像做了壞事的小孩一樣無措。行止見了她這神色，心裡饒是燒了天大的火，此時也只化為一聲嘆息，苦笑：「止水術的冰柱也能融了，妳倒是長了本事。」

沈璃輕咳一聲：「神君謬讚。」在大庭廣眾之下與行止抱在一起，沈璃心裡極不自在。她身子輕輕扭了扭，想從行止的禁錮當中出去，卻不想行止竟將她抱得更緊，行止另一隻手挑起她的下頷，迫使她仰頭看他。

「沈璃，我用盡辦法救回妳的命，不是讓妳繼續拿去送死的。」

沈璃一愣，有些不自然地別過眼神：「我會保護好自己……我也沒你想得那麼金貴……」

行止臉上的笑意收斂，他逕直打斷沈璃的話：「妳遠比自己想像中的要金貴。」看沈璃一臉怔愣的模樣，行止沉默了一瞬，唯有無奈一笑，拍了拍她的腦袋：「該躲到背後讓人保護的時候，妳好歹還是配合一下，給我個機會不行嗎？」

沈璃被他拍得連連點頭，不經意間瞥見下方魔君的法陣正在縮小，她登時心頭一緊，脫口而出：「現在不行。」她將手中槍一豎，行止放開她，但卻仍將她攔在身後。「就從現在開始。」

行止目光閒閒地落在苻生身上，笑道：「我不喜糾纏不休之人，也不喜牽扯不斷的事，不管閣下有何居心，今日都來做個了斷吧。」他一笑，說得輕鬆極了：「自盡，還是讓我動手？」

苻生的傷恢復得極快，此時胸口已不見半點痕跡，他桀驁一笑。「三界內誰不知神君之威，我如何敢與神君動手。」他望著行止，「只是事到如今要我自盡……我如何能甘……」話音未落，他手中短笛又是一響，下方的魔人仰頭一望，立時換了目標。

魔人朝行止飛撲而來，將魔君那裡空出來了，魔君似已無法支撐，法陣破裂，她往前一撲，逕直暈倒在地。沈璃大驚，行止道：「護住她，將其帶上天外天，料理完此間事宜，我再回去找妳。」

沈璃一咬牙，心中雖還放不下魔界中人，但此時也只能如此了。

她身影一閃，離開行止身邊，剛剛靠近魔君，苻生忽而詭異地咧嘴一笑：「神君在意沈璃，妳道我未曾料到你會尋來嗎……」他話音一落，行止心頭忽而閃過一絲不祥的念頭，往下一看，行止恍然看見一道黑影悄無聲息地出現在沈璃身後。其時沈璃正要將魔君扶起，那人倏地伸手將沈璃口鼻捂住，不知那人掌心有什麼東西，沈璃竟連一下也未曾掙扎，雙眼一閉便倒進身後人的懷中。

苻生大笑：「帶她走！」

那人拖著沈璃消失蹤跡，苻生仰天大笑：「千年夙願！千年夙願終將實現啦！哈哈哈！」那癲狂的模樣，竟像是高興瘋了。可笑聲卻在正高昂之時戛然而止，一把鋒利的冰刃穿心而過，行止竟不知什麼時候立於他身前。行止面無表情，聲如寒冰：「沈璃被帶去了哪裡？」

苻生口中湧出黑色的血液，落在那剔透的冰刃之上，他望著行止咧嘴笑著。「依神君的本事，如何會猜不到呢。」他啞聲說：「我要她去替代火的封印，要她成為墟天淵坍塌時的陪葬品！看著自己愛的女人死在自己造出的封印裡面，神君感覺如何啊？哈哈！」

行止目光冰冷，數根細如銀針的冰刺在苻生身上所有的命脈上扎下，苻生渾身不由自主地痙攣，可嘴角還是勾著瘋狂的笑。行止轉身欲走，以他的速度定能趕在那黑影之前到達墟天淵，但他身體卻驀地被束縛住，是苻生周身的魔氣溢出，纏繞上他的腳踝。「我不會讓你去的。在沈璃成功變成封印之前，你都到不了她身邊。」魔人圍上前來，試圖用車輪戰將行止拖住。

行止眼中殺氣一凜，神明之怒令天地悲鳴，風聲呼嘯，吹散他彷彿從地獄而來的聲音：「找死。」

第二十二章

最後一役

止水術蕩過，肅清天地。

而此時沈璃已全然不知魔宮那邊發生了什麼事，瘴毒在她身體裡蔓延，這種毒她知道，上次在人界揚州城時，苻生便對她用過此毒，彼時被行止治好了，而現在……這毒是又被苻生提煉得更厲害了嗎？

沈璃咬牙，餘光瞥了一眼抱著自己疾行的人。

他雙目無神，臉上盡是紅色的條紋，犬齒長得極長，像是獸類的獠牙，饒是這人變成這個樣子，沈璃也依舊認得他——

「墨方……」她從喉頭裡擠出這兩個字。墨方腳步慢了一瞬，但也只有這一瞬，他面無表情地帶著沈璃向墟天淵而去，一如其他魔人一般，毫無自我主張，只是聽命行事。

想起上次墨方將她帶出地牢的模樣，沈璃只覺心下一悲，艱難道：「為何甘心變得如此……」

那雙赤紅的眼彷彿動了動，看了沈璃一眼，但他身體仍舊繼續向前疾行著，這駕雲的速度快得讓沈璃都有些不敢相信。變成魔人之後，他的力量也會跟著提升嗎……

「王……」墨方脣角微動，彷彿極艱難地控制著自己的嘴說出他想說的話，「放血……逃。」

沈璃一愣，心中一時不知湧出何種滋味，這個人背叛了魔界，背叛了她，但即便是現在，他還是幫著她的。沈璃的世界其實很簡單：朋友、敵人和無關緊要的傢伙。然而，現在她卻不知道該將墨方擺在哪個位置，或許人心本就是複雜之物，哪兒能用簡單的標準區分得清清楚楚。

沈璃咬住下脣，一使力，下脣溢出血液，果然，身體裡的力氣恢復了一點。然而墨方駕雲的速度太快，沈璃已經能隱隱看到阻隔墟天淵與魔界土地的那條山脈。她當下更是用力，咬破嘴脣，鮮血流出，力量灌入四肢，她猛地一躍而起，推開墨方，一旋身，落在地上。

而此時，她的身側已是墟天淵的大門。

瘴氣瀰漫，更甚於之前蠍尾狐跑出來的那一次。

墨方立在瘴氣之外，一雙赤紅的眼極為醒目。但見沈璃逃脫，他身體像是有自我意識一般撲上前來，也未拔劍，赤手空拳與沈璃過起招來。他牙關咬緊，好似在極力控制什麼。

「走……」他的嘴裡又擠出短短的兩個字，「快走！」

言罷，他手中長劍一現，墨方反手握住劍柄，逕直扎在他自己腹腔之中。

沈璃看得呆住，墨方一口烏黑的血液嘔在地上，他屈膝跪下，眼中的猩紅稍稍褪去，他艱難道：「王上快走。我控制不了太久……」

「為何……」

墨方緊緊閉上眼：「宿命所致不得不背叛，然……情之所至……墨方終是不敢……不能，亦不想害妳。」

沈璃脣角一動，墨方雙目倏地一睜，厲聲喝道：「走！」然而他話音末落，只聽幾聲詭譎的笑：「吾兒不孝。」瘴氣帶著那聲音從墟天淵之中飄蕩出來。

聽到這個聲音，沈璃心下一驚，這……這竟是上次她在墟天淵中聽到的聲音！那時他瘋狂地喊著「吾必弒神！」，而今……

沈璃尚在回想，墟天淵中倏地射出一條黏膩如蜥蜴舌頭的東西。眼瞧著那東西要將沈璃擒住，墨方身影一動，擋於沈璃身前，劈劍一砍，那舌頭逕直被砍成兩半。

墨方腹中黑血不停地溢出，他稍稍側頭看了沈璃一眼，一如在魔界的時候，他在她背後悄悄看她一樣。只有在沈璃不知道的時候，他才敢將自己的情緒流露於面上。而此刻，能這樣堂堂正正地看她一次……真是……再好不過。

觸及墨方的眼神，沈璃愣然，心中一時感慨萬千。但哪兒等她將情緒梳理清楚，那被墨方砍斷的舌頭中間，倏爾又冒出一條尖細的舌頭，舌尖如劍，只聽「叮」的一聲，利刃般的舌頭逕直擊碎墨方用於隔擋的長劍，劍刃崩裂之時，那舌尖亦穿透墨方的心房，將他如破布一般甩了出去。

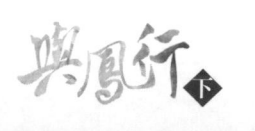

熱血濺了墨方身後的沈璃一臉。沈璃睜大眼睛，景象好似在她眼中放慢，她望著那個被甩出去的人影，腦海裡走馬燈似地閃過許多零零散散的畫面，或是一同征戰沙場，或是一同凱旋，或是一同在歌舞之後舉杯歡笑。甚至想到了之前，她逃婚離開魔界，墨方重創於她，令她化為原形，放任她逃去人界，讓魔界的人尋找不得。

現在想來，彼時苻生希望她嫁去天界，方便他們在墟天淵行事；而墨方放她走，已是違逆了苻生的意思吧。

這個人……害了魔界，但對沈璃，他卻從不肯下手坑害。

這樣一個人……

墟天淵中傳來一聲厲嘯，尖細的舌頭欲甩上前來，將沈璃纏住。沈璃周身殺氣驟起，眼珠一紅，尖細的舌頭尚未甩到沈璃跟前，她一擲銀槍，槍尖將那舌頭緊緊釘在地上，大門之中有妖獸們的驚聲尖叫。沈璃無心顧及牠們，她逕直奔到墨方身邊，看著他一身黑血染溼了身下的土地。沈璃蹲下身子，目光微暗，她伸出手卻不知該不該觸碰他。

「如今，總算不必左右為難了。」他啞聲說著，雙目靜靜注視著沈璃，神色淡得彷彿沒有悲喜，「王上，妳可願諒解我……」

沈璃唇角一顫：「不諒解，給我起來，待此間事了，你還得為你的背叛贖罪。」

墨方彎了彎唇角：「怕是不能了。」

沈璃逕直打斷他的話：「給本王起來！不是連劫火也燒不死你嗎！區區小傷，休想騙取本王的同情！」話雖如此說，沈璃卻極為不甘地握緊拳頭，她見過太多死亡，這種彌留之相，她太熟悉了。

「我自幼心臟有所缺陷，本是活不長的命。然而有整整三百年時間，苻生日日取血餵養我，以至於我與他一樣，有死而復生的能力，但是……

這世上沒有不會消散的力量，苟生的力量快要耗盡，而我……也不能繼續活下去了。」

沈璃咬牙，喉頭微緊，靜默無言。

「墨方此生，背負仇恨而生，因他人謀劃而活，就連求死也不能。唯有此刻，方才遂了自己心願……」他眼中赤紅之色消失，黑眸那般清澈，就像水潭深處的波光，用盡全力散射著自己擁有的所有光芒。「王上……我最喜歡……妳束起來的頭髮，隨風而舞，就像不倒的戰旗……」

他說：「別輸了……」

然後光芒驟滅，一切歸於死寂。

沈璃握緊的拳頭用力得幾乎顫抖。被沈璃釘死的尖細舌頭像恢復力氣一般，又開始不停蠕動，沈璃靜靜地站起身，拳頭一鬆，紅纓銀槍又被她緊緊握住。那舌頭上的傷口快速癒合，舌頭如蛇一般曲行著向沈璃而來。

「為何……」她額前的劉海擋住了眼睛，「他不是你們少主嗎！」銀槍一揮，逕直將掃來的舌頭打了回去，沈璃周身殺氣四溢。「連自己人也不放過，當真喪心病狂！」

「呵呵呵呵。」怪笑之聲自墟天淵中傳出，「吾兒不孝，竟為私情數次耽誤大事，他的命，理當由我來料理。」

聽罷這話，沈璃眉頭深深地皺了起來：「六冥……」

「許久未曾聽到自己的名字，倒讓人覺得生疏起來。」裡面的聲音怪笑著，「快，小姑娘，還不到墟天淵裡來？再不快些，那神君便要追來了。」

他話音剛落，白色身影倏爾出現在距沈璃三步遠的地方。行止一露面，話也未說，伸手便去拽沈璃。然而一道黑氣卻比他更快，逕直纏繞上沈璃的腰身，將她往墟天淵的方向拖去。

沈璃周身烈焰一燃，但聞那黑氣中傳出一聲淒厲慘叫，聲音好似來自苻生，沈璃周身火焰燒得更旺，直將那黑氣燒灼殆盡。但她背後那條尖細的舌頭又冷不防竄了出來，牠也怕極了這火，但迫於命令，牠冒著皮焦肉爛的危險逕直將沈璃纏住，拖著她便往墟天淵的縫隙而去。

行止神色一怒，手中透藍的冰劍倏爾顯現。然而此地有墟天淵封印，行止不敢隨意揮動神劍，他身影一動，欲追上前去，墟天淵中忽然瘴氣大漲，一瞬間竟從中奔逃出來十幾隻妖獸！牠們將行止團團圍住，不過這一瞬的耽擱，沈璃便已經被拖到了墟天淵之中。

沈璃只覺周圍一黑，纏繞住她的那條舌頭立即抽身回去，她身上的火焰照亮周邊環境，數不清的妖獸飄浮在黑暗之中，圍繞著她，冷冰冰地將她看著。沈璃回首，欲逃出墟天淵，可背後已是一片黑暗，門在哪裡已經無處可尋。

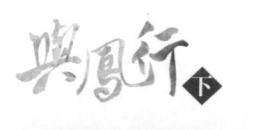

忽然之間，一團冥火飄至沈璃身前，他的形狀慢慢轉變，最後化為一隻眼睛。沈璃望著他冷冷開口：「六冥？」

他桀驁一笑：「小姑娘，咱們又見面了。」

沈璃皺眉：「你為何還活著？」六冥必定是死了的，因為被神明所斬，哪兒有再活過來的道理。但這隻眼睛……

那隻眼睛微微一瞇，好似在笑：「小姑娘不必再猜，我如今確已身死，這不過是我一縷殘魂罷了。」話音方落，墟天淵外傳來一聲巨響，沈璃知道這必定是行止弄出來的動靜。四周的妖獸一動，又有許多隻眼睛消失蹤跡，看樣子是跑出去阻擋行止了。

「小姑娘，我們可拖不住外面那位多久，大計將成，快隨我來吧。」

「哼。」沈璃一聲冷笑，周身烈焰更盛，灼熱的氣息將六冥逼得不得不往後一退。「本王為何要聽你差遣。今日便是同歸於……」最後一個字剛要說出口，沈璃恍然憶起行止此前的話語，她眉目微沉，卻又堅定了目光，「不管你們有什麼陰謀和企圖，行止定不會讓你們得逞。」

她相信一人，願用自己的所有去相信他。

「小姑娘，妳道神明當真是無所不能的嗎？」六冥冷笑，「為何千萬年來神明不斷消失，為何這麼久以來天道未再誕生任何一個神？」他怪笑著，讓沈璃心頭驀地一空。「堪與天道抗衡的力量太過強大蠻橫，上古之初天地混濁，或許還需要他們為世間萬物開闢乾淨清明之地，但現在，這世上已經不需要神明之力了。他們只能被供奉，也只能被禁錮，所以神明不斷消亡，因為他們已經沒有了存在的意義。」

六冥冷笑：「妳知道嗎？他們已是上天的棄子。行止君，不過是上古神明苟延殘喘的證明罷了。」

沈璃心頭大涼，腦中浮現行止淡淡笑著的模樣，倏爾覺得一陣心疼。

「千年前他開闢墟天淵，且還要藉助五行之力依憑魔界天地而成，而歷經千年歲月，他的神力早不知消減了多少，妳覺得他還有餘力再開闢一個墟天淵嗎？」眼見沈璃周遭的火焰因心緒波動而時強時弱，六冥繼續道：「天界那幫廢物皆是依靠行止君的力量方能橫行三界，若只是那群窩囊廢，又有何本領立於我魔族之頂？殺了他們吧……」

沈璃閉上眼靜了靜心神：「天界窩囊是真，魔族委屈是真，但是，我不贊同你的做法，製作妖獸，傷人之前先損自身，魔族黎民何錯之有？為何要為當權者的不甘心而白白死去？」沈璃睜開眼，日光灼灼地盯著他，「我不會助你。」

「妳也不肯助妳父親嗎？」六冥一默，還未等沈璃反應過來，他又道：「而且，助不助，現在可由不得妳。」他輕聲一喚：「苻生。」一團黑氣驀地圍繞在六冥旁邊。

「屬下在。」他竟連形體也沒辦法凝聚起來了，只能以這樣的模樣出現……

「你尚能撐多久？」

黑氣靜默，最後還是恭敬答：「尚能堅持一炷香的時間。」

「足矣。」六冥聲音薄涼，「去吧。」

黑氣似俯首於地：「遵命。」

沈璃眉頭一皺，但見黑氣撲來，如一塊黑布，將她周身火焰包裹住，沈璃一驚，不遺餘力地將法力放出，墟天淵亦是隨之一顫，然而那黑氣卻並未消散，像是要把所有的生命都耗在此刻。黑氣用力將火焰壓住，直至纏繞在沈璃周身，讓火焰只得在黑氣之中燒灼。

沈璃掙扎，然而黑氣卻不動半分，沈璃咬牙道：「他殺了墨方，如今又將你如此使喚！他根本未曾把你們當作人！」

一隻妖獸的爪子驀地將被黑氣包圍的沈璃捉住，沒有火焰的燒灼，妖獸輕而易舉地將她帶走。

沈璃大怒：「當真愚忠！」

而化為黑氣的苻生只是靜默無言。

六冥的笑聲極為猖狂而愉悅：「這便是我做出他們的目的，永不背叛，比狗更為忠誠。」沈璃恨得咬牙，六冥倏爾聲音一轉：「小姑娘，感覺到了嗎？」隨著他話音一落，沈璃忽而覺得遠方好像有熱浪撲來，這種熱度……沈璃愣神，呆呆地看向那方。

一個被鐵鍊牽扯住的光球在黑暗之中顯得尤為耀目，那光球之中是一隻巨大的鳳凰，豔麗的翅膀，美麗的身形，每一根羽毛上都沾染著熾熱的火焰。那樣的姿態，即便是在沉睡中也讓人感到了牠的強大。

而牠身上隱隱傳來的氣息只讓沈璃覺得莫名熟悉，一種血脈相連的顫動穿透空間的距離，讓沈璃幾乎移不開眼。

六冥笑著：「這是我最驕傲的作品，也就是妳的父親——鳳來。」

她的父親……

這個稱謂對沈璃來說太過陌生，對這個人的認知只來自魔君隻言片語的描述，甚至在魔君坦白地告訴她一切之前，她根本就不知道自己的父親是隻妖獸。

但血緣便是如此奇妙，僅僅是站在這兒，看著與自己的原形那般相像的存在，沈璃就能充分肯定，他們之間，是有聯繫的。

那隻眼睛晃蕩著飄向光球所在之處，不知六冥低低地吟唱了一些什麼，光球忽而猛地顫動。「好孩子，好孩子。」六冥激動得幾乎破音，「你該醒醒啦，該是出去的時候了。」

沈璃身影一動，然而包圍在她周身的黑氣卻更為用力地將她拖住，甚至裹上她的口鼻，讓她出聲不得。

沉睡中的鳳凰倏爾睜開雙眼，一束光芒在鳳凰眼中一閃，亮光在墟天淵中蕩出去老遠，困住光球的鐵鍊為之一顫，整個墟天淵微微晃動起來。六冥尖厲地笑著，那隻眼睛裡盡是瘋狂的情緒：「起來吧，其餘四個封印我已命人替換完畢，待將你換出去後，你就不用再做墟天淵的封印了，你很快就要自由了。」

用她來代替她爹媽……沈璃苦笑，這讓她拒絕，也拒絕得不心安啊……

鳳凰羽毛之上的烈焰倏爾灼熱，牠在光球之中伸展不開翅膀，受到桎梏的牠卻並不憤怒，只是身上的烈焰燒灼得近乎蒼白，十分刺眼，讓沈璃也無法直視下去。然而不過一轉眼的時間，刺眼的光芒稍減，沈璃回過頭，看見那火鳳凰身體變形，牠的翅膀慢慢變成手臂，分出五指，臉上長出皮膚，化出人的五官，牠身上的羽毛則變為一件橙紅相間的衣裳，合身得像是貼身縫的一般。

他仰著頭，喉結在線條流暢的頸項間輕輕滑動了一下，一聲極輕的喟嘆自脣畔吐出。那氣息好似帶著積攢了千年的熾熱，噴在光球的內壁上，令光球忽然發出「咔嚓」一聲。

「琉羽……」他睜開眼，先喚了一遍這個名字，而後眼裡的情緒才慢慢變得清楚，「琉羽。」

六冥緩緩飄到他眼前。「好孩子，你看看我。」鳳來的目光這才慢慢凝聚起來，落在六冥身上，六冥激動難耐，「你且等等，我這便將你放出來。」

「琉羽在哪兒？」

「琉羽……已經去世很久了。」

鳳來身子一僵，靜靜垂下頭：「死了？」

「是啊。」六冥聲音詭譎，「被世間拋棄，因神明而死，害死她的人，就在這墟天淵外……」

「她不會死。」鳳來雙拳緊握，「還未等我歸去，她如何會死？」他周身火焰忽明忽暗，激得光球亦是顫動不已。沈璃欲開口解釋，制止鳳來，但纏繞著她的黑氣卻像是用盡生命的力量，令她動彈不得。

光球裂開，六冥那隻眼睜得極大，興奮得聲音都在激烈顫抖：「出來吧，孩子，殺了外面那個神明，為琉羽報仇，出來吧！」

光球徹底破裂，鳳來如同離弦的箭一般，驀地向一個方向直直衝去。擋在他身前的六冥尚在大笑，然而笑聲卻戛然而止，因為鳳來一身烈焰逕直將僅剩的那縷殘魂燒灼得一乾二淨！

鳳來離開的地方留下一道極亮的光，沈璃只聽遠處傳來一聲巨響，外界的光微微洩到了黑暗的墟天淵之中。墟天淵中氣息大改，坍塌的顫動傳來，妖獸暴動，瘋狂地朝鳳來離開的方向奔去。

沈璃心驚，想趕去阻止，然而苻生卻固執地拖著她，將她往鐵鍊的方向拉去，沈璃大怒：「六冥已死！何苦再為他的一個命令而做這種事！」

靠近鐵鍊，苻生不再纏住沈璃，但她周身的烈焰氣息立時吸引了那幾條鐵鍊，它們如同有自我意識一般將沈璃的手腳綁住。好似有什麼東西將接到她的血脈之中，沈璃只覺渾身倏爾無力，像是被鐵鍊抽走了力量一般。

墟天淵的顫動停止，一切都暫時安靜了下來。苻生在沈璃周圍飄蕩，聲音中帶著已死之人的衰敗：「恭喜主上，大願終成。」

但他們除了達成心願，別的已經什麼都沒有了。

「真是一群陷入固執的瘋子。」沈璃冷聲說著，只換來苻生無盡的沉默。

墟天淵外，兩道人影正戰在一起。極寒的冰與極熱的火相互碰撞，每一次力道相觸皆使天地間顫動一次。

忽然之間，紅色的身影被止住攻勢，白衣神明手中神劍一揮，鳳來被行止從空中打落，逕直在地上撞出一個大坑。然而未等塵埃落定，行止追擊而來，漫漫黃沙之間，兩道身影打鬥的力道將大地撞擊出巨大的裂縫。

而在兩人背後，墟天淵雖已止住坍塌之勢，但大門洞開，裡面的妖獸們猙獰著面孔要撲出來，卻像是被什麼無形的力量阻擋了一般，無法逃脫。那是行止臨時設的結界，他以一人之力阻擋了千隻妖獸，又獨自與鳳來作戰，已到達極限，但正在行止與鳳來爭鬥之時，一隻妖獸忽然以利爪猛地向結界抓去。

結界驀地破開一道細小的口子！行止神色未變，他單手在空中一揮，結界上的裂縫就被修補好了。然而便是這一耽擱，鳳來手中顏色豔極的長劍倏地劈砍而來，行止抽劍來擋，可哪裡來得及。那帶著毒焰的利劍逕直砍入行止肩頭，鮮血溢出，這已是受了極重的傷，但行止卻連眉頭也沒皺一下，他化守為攻，逼得鳳來不得不向後退去。

毒焰在肩頭燃燒，行止左手凝上止水術，捂住傷口，熄滅焰火，止住血液。然而等他做完這些事，再抬頭時，鳳來已不見蹤影，不知跑去哪裡了。

行止皺眉，現在沒有時間去捉拿鳳來。他一回頭，墟天淵中的妖獸們掙扎著要出來，行止知道，牠們的身後，墟天淵的黑暗之處，沈璃在那裡。

他收了神劍，邁步向墟天淵走去。但便是如此輕輕一動，他肩頭的傷口又裂開，鮮血浸溼了他一大半的衣裳。行止索性捂住傷口，一直施止水術將血液凝住。

行止立於墟天淵前，裡面的妖獸們猙獰著面孔，怨恨幾乎要吞噬行止，他仰頭看著牠們，目光凜冽：「不想死就閃開。」

他不再看牠們，目光落在前方，一步踏到結界裡，擁擠著堵在門口的妖獸們一時有些慌亂地往旁邊避開，讓出一條道路，讓行止緩步踏入墟天淵深處的黑暗裡。其間有一隻瘦小的妖獸見行止右肩有傷，悄悄躲在他的背後，在他走過之時倏地撲上前去。但沒有誰看清行止如何出手，等回過神時，那隻妖獸已經變成一團團碎肉飄浮在墟天淵之中，然後化為灰燼。

再無誰膽敢上前。

妖獸都擠去了墟天淵大門處，越往深處走越是寂靜。而當他走到有微弱火光顯現的地方時，那裡只有鐵鍊吊著，一個孤零零的人影。

「沈璃。」他輕聲一喚。

閉上眼睛休息的人睜開了眼，他站得太遠，沈璃身上的火光照不到他，沈璃一笑：「你來晚了，算計我們的、害我們的傢伙，竟然沒有一個是被我們親手除掉的。」

在行止到來之前，只剩一團黑氣的苻生也已化為灰燼，消失在墟天淵無盡的黑暗之中。

行止緩步走上前來，沈璃這才看見他肩頭的傷。她一驚，隨即垂了眉目：「是……他傷的你嗎？」

行止探手摸了摸她的臉頰，但手上的血漬卻不經意抹在了她臉上，看她被自己抹花的臉，行止一笑：「是啊，被岳父大人狠狠揍了一頓。然後岳父就跑了。」

沈璃卻沒有笑得出來，她沉默了一會兒，嘆道：「方才不過被囚禁在這裡這麼一會兒，我便覺得孤寂難耐，四周什麼都沒有，一如那時五感全失一樣，連自己是死是活都分不清楚。這滋味當真不好受。然而想到他被關在此處千餘年……」

行止放下手，輕聲問：「妳可怨我？」

是他開闢墟天淵，是他將鳳來做為火的封印困在此處囚禁了千餘年，而如今也是因為如此，沈璃才會遭此大難，被作為替代品……

「怨？或許是有一點吧。」

行止喉頭一緊，眼眸微垂。沈璃手腳被困，但見行止這樣，她倏地一笑，拿腦袋在他下巴處蹭了蹭：「我不過是出於私情感慨一下罷了。你道沈璃是如此看不清形勢的蠢貨嗎？」

沈璃道：「你做的，從你的角度來說無可厚非，換一個立場，若是我當日站在與你一樣的位置，我只會做與你一樣的事。你擔起了你該擔的責任，做了你該做的事，像英雄一樣救了那麼多人，你是這個世間最了不起的神明啊。」

行止心緒微動，他探手摸了摸沈璃的腦袋，將她按在自己未受傷的肩上。「此漫長一生，能遇見一個沈璃，實乃大幸。」

沈璃沉默，她知他肯定還有話說，面對今日這局，必定要有解決之法才行。果然，沒一會兒，行止拍了拍她的背，道：「沈璃，我……」

「我會和你在一起。」沈璃道：「不管發生什麼事，都和你在一起。」

行止一愣，隨即點頭輕笑：「好。」

「沈璃，妳可還記得先前我與妳說過，墟天淵坍塌會將其中妖獸一同掩埋。」行止將沈璃輕輕抱在懷裡，聲音輕緩地說道：「只是墟天淵是我藉助五行之力才撐起來的，除了火之封印是借用了妳父親的力量，其餘四重封印皆是依憑魔界天地而生的五行力量而成。」

他平淡的話語卻不經意地勾出沈璃心中算得上甜美的些許回憶。墟天淵外的山上月和湖中水，那時他們中的一個人心懷猜忌，另一個則更是帶著殺意，然而不管當時兩人心裡各自藏著些什麼，沈璃現在回想起來，卻只記得那時破開瘴氣的月光比任何地方的月光都要美麗。

「當初我重塑封印，妳也同我一起，想來妳也清楚。彼時，墟天淵若毀，則魔界亦不能保全。」

沈璃點頭：「嗯，山上樹是木之封印，水中泉是水之封印，軍營練兵臺下的石像是土之封印，而墟天淵上的鎖鏈是金之封印。外面三重封印恰好呈三角狀將墟天淵圍住，而金居墟天淵上，火居墟天淵中，這本該是萬無一失的陣法。但……」

「嗯，但對方將這五行之物，都找到了替代品。」行止扣住沈璃的雙肩，臉上一直帶著的笑容難得地收斂下去，他正色道：「沈璃，接下來的話，妳要聽好，因為要妳來決斷。」

沈璃面容一肅，聽行止開口：「妳與另外四物替代了原有的封印，這替代的五行之力遠遠比不上原來依憑天地而生來得強大，是以這個封印只能撐住墟天淵，而不能關住其中妖獸，所以現在墟天淵大門洞開，我雖以結界強行封住出口，讓牠們不得逃出，但這不是長久之法。唯有一法，方能解決妖獸之患。」

沈璃望著行止：「你是說……將墟天淵與妖獸們一同埋葬？」

「而今值得慶幸的是，墟天淵與魔界連起來的四處封印皆已替換，若墟天淵坍塌也不會影響魔界，唯一會受連累的……」行止點頭，他伸出手，摸了摸沈璃的臉頰，「只有妳。」

沈璃沉默了許久，忽而一笑：「這樣的選擇題，你知道我會怎麼選。」

行止心頭一緊，抽回手。「是啊，我知道。」

「那何必猶豫。」沈璃道：「毀了墟天淵吧。」

行止靜靜地看了沈璃許久，最後卻是無奈地苦笑一聲：「好歹也是自己的命，這種時候，妳也猶豫一下再答應啊……」但若猶豫，她便不像沈璃了。這個女人在做決斷的時候，總是太過乾脆。

沈璃動了動嘴角，最終只是吐出「抱歉」兩個字，但見行止看她，沈璃才道：「你千辛萬苦救回來的這條命，又要被玩沒了。這次……你別再去封東海了，我本還奇怪，在東海時，為何龍王那般急切地給你送禮……你看看把他們嚇得……」

「呵。」行止不禁搖頭失笑，他拍了拍沈璃的腦袋，微微斂了笑意之後，像是承諾一般道：「這次不會了，誰也不會被嚇到。」他說：「我會陪著妳，到最後都陪著妳。」

沈璃不敢置信地望著他。

行止只自顧自道：「作法摧毀墟天淵需消耗極大神力，而如今我的神力也在日漸消退，要一邊支撐著外面的結界，一邊施法毀掉墟天淵，怕是困難。好在墟天淵外那幾處封印極好移動，我且將它們帶去天外天，使之與天外天相連，正好也可借天外天之力囚住妖獸們。最後，我將毀掉墟天淵，連帶著將天外天一同銷毀，從此九重天上再無憂患。一舉兩得。」

彼時，行止神君身亡，天外天與墟天淵一同消失，於天界無損，於魔界無害。

他已經……計畫得這麼清楚了啊……

「你其實……可以在墟天淵外辦完這些事的，你何必……」

行止淺淺一笑，受傷讓他臉色有些蒼白，但他眼中卻是從未有過的溫暖：「因為，沒有沈璃的世界，我已經無法想像。與妳同歸，怕是我能想到，最圓滿的結局吧。」

沈璃心口一痛，想伸手抱住眼前這個人，他或許……一直活得比任何人都悲觀，所以他的願望也卑微得讓她不得不心疼。

「我只怕，到最後，連同歸也不能……」

不等行止將話說完，沈璃猛地往上一蹭，咬住他的嘴唇，在他唇瓣上細細摩擦，輕輕地說著：「不會的，我會纏著你，像你變成凡人的那一世一樣，一直都待在你身邊。」

行止一聲嘆息，一手攬住沈璃的腰，一手按住她的後腦杓，讓這個吻變得更加深入，只在喘息的片刻之中嘆道：「那個時候……妳明明就時時刻刻想著跑啊。」

離開彼此的唇瓣，行止抵著沈璃的額頭，輕聲道：「這裡會有點黑，別怕，待我將那四處封印處置妥當，便來陪妳。」

「嗯。」

行止離開墟天淵時，天界已派天兵天將抵達墟天淵外，但見那個向來高高在上的神明被鮮血浸溼了半身衣裳，眾人皆是一驚。有將軍上前詢問行止情況，行止只擺了擺手道：「片刻後我會離開此處一陣，神力或許會減弱，墟天淵外這個臨時的結界怕是要勞煩各位支撐一陣。」

將軍一愣：「我們自是義不容辭，但不知我們能否擔當此大任……」

「能。」

行止尚未開口，旁邊忽而插進一個聲音，拂容君一襲素衣，緩步上前，在他身後跟著幽蘭，與當初在天界衝撞行止的勿元仙君。三人對行止恭敬地拜了拜：「我等必不負神君所託，死守墟天淵結界。」

行止上下打量了拂容君一眼，笑道：「拂容君他日……或有所成。」言罷，他轉身欲走，腳步卻又一頓，問：「鳳來……那鳳凰妖獸現在何處？」

「好似向魔界都城那邊去了，他速度太快，沒人追得上他，唯有等他停下來再做追擊。」

「若此後……」行止話說了個開頭，頓了許久，最後只輕輕一笑，「只有看你們本事如何了。」言罷，他不再耽擱，邁步離開。

魔宮內外一片狼藉，地似血染，魔界守軍清理著戰場，每人臉上皆同樣凝重。沈木月在幾位將軍的陪同下，走在都城的大街上，檢查著這裡是否還有倖存的魔人。路過碧蒼王府時，沈木月腳步一頓，但見伺候沈璃的丫鬟正站在門口，焦急地等待。

沈木月背後有將軍喚道：「魔君……」

「走吧。」她擺手，「她若來問我，我怕無顏面對她。」

背後將軍們一默，有人安慰道：「神君必定會把王爺安然帶回的。」

話音未落，但見空中倏爾射來一道厲芒。沈木月眉頭輕蹙，隨即神色一空，呢喃一般道：「帶不回來了……帶不回來了。」

空中那道厲芒像是察覺到什麼氣息一般，驀地一轉，逕直砸落在沈木月身前，將軍們登時戒備起來。沈木月卻伸手一攔，輕聲道：「都退下。」塵埃落定之後，赤袍男子靜靜立著，目光落在她身上：「沈木月？」

「鳳來。」她垂下眼眸，「未承想，此生竟還有見到你的一天。」

鳳來逕直問：「琉羽在哪兒？」

「死了。」沈木月抬頭看他，說得極為平靜，「千年歲月，只怕連屍骨也找不到了。」

鳳來目光一散，他咬了咬牙，掙扎一般道：「我不信……」沙啞的聲音裡竟有幾分脆弱。「她說她吃了仙丹，不老不死，會一直活著……」

「饒是神明亦有歸天之日，何況琉羽。」沈木月看了看身後的人，幾位將軍會意，皆往後退了退，「千年前你被封入墟天淵後，琉羽獨身前往墟天淵，欲入封印陪你，最後卻死在墟天淵前，是我親手埋的她。」

鳳來握緊拳頭，沈木月看了他一眼，又道：「她為你留了個女兒。」

鳳來一怔，雙目愣然地望著沈木月：「你說什麼？」

「她為你留了個女兒，把她的生命用另一種方式延續下來了。」沈木月靜靜地看他，「只是，你現在在這裡，想來阿璃已經代替你，成為墟天淵的封印。」

鳳來驚得愣住，他皺眉仔細回想，初醒那刻，他只看到了眼前的六冥，別的……別的……還有一團被黑氣包裹的光亮，難道那裡面……

「你若不信，此處的碧蒼王府便是阿璃住所，你大可進去看看，裡面尚殘留著她的氣息，你應該能感覺得出來，她到底是什麼人。」

鳳來看著牌匾，而後邁步進到王府之中。門口的肉丫看見他，正在猶豫要不要攔住，卻聽一個聲音道：「讓他進去。」

肉丫一怔，不知道這開口的黑衣女人是誰，只撓了撓頭道：「可是……我家王爺不在啊。她不知又跑到哪裡去拚命了……」鳳來沒有理肉丫，逕直邁步進門，肉丫連忙喚道：「哎哎，你別亂闖。我家王爺回來會生氣的！」

鳳來像全然沒聽到她的聲音一樣，在屋子裡走了一圈，倏爾頓住了腳步。「當真如此……當真……」

沈木月跟了進來，靜靜道：「我將琉羽埋在墟天淵前，阿璃如今也在墟天淵之中，她們母女好歹也算在一起。」

鳳來垂下眼眸：「琉羽，喜歡孩子嗎……」

「比喜歡她自己的生命更喜歡。」

鳳來輕閉眼眸，再未發一言，最後只化為一道光，像來時那般飛速離開了都城。

沈木月靜靜望著天空：「我用這樣的方式換回阿璃的命，妳可會怪我？妳若怪我……也無妨……」

輕風一過，像是誰在無奈嘆息。

終章

與子同歸

天外天中，萬古不變的孤寂無聲流淌，踏著青玉板鋪就的階梯，行止肩上的血液滴滴答答地流了一路。忽然間，不知是眼花還是腿軟，行止摔倒在長階之上，以止水術凍住的傷口猛地裂開，一簇火焰竄了出來，行止眉頭一皺，再次凝起法術將火焰強行壓制下去。

傷口無法癒合……原來，他的神力已經退化到這種地步了嗎……看來，就算沒有此一遭，他身為神明的生命，也快要走到盡頭了。

神……當真已被上天遺棄了啊！

行止仰頭望著懸於天外天上的星河，驀地笑出聲來：「若論冷漠不仁，世間何物比得過你？造而用之，廢而棄之……什麼神明之力堪與天道匹敵，簡直胡言亂語。現下想來，無論是誰，不過都是你手中擺弄之物罷了。」他一聲長嘆，氣息在空寥的天外天中彷彿蕩出去老遠。「上天不仁啊！」

然而感慨終了，行止望了一眼像是沒有盡頭的長階，一手捂住肩上傷口，將烈焰按住，繼續一步一步向上走去。

不知走了多久，長階終是有了盡頭，在那裡有一個寬闊的圓形神壇。行止登上神壇，邁著凝重的腳步，行至神壇中央，金色的光輝立時包裹了他的周身，映得他一雙黑眸熠熠生輝。

他蹲下身子，單膝跪於地面，將神力灌到青玉板之中。在圓形神壇之上，有另一種光輝在地上顯現，像是按照天上星辰排列的順序映照下來的一般，布置無序但卻出奇地和諧。而隨著行止的法力越灌越多，在那些金光之中，隱隱能看見一些人影，他們與行止一樣，身著寬大的袍子，然而動作、姿態卻各不相同。

這本是神明商議重大事情時才會來的地方，每個神明皆有自己的位置，這些影像，便是他們千萬年來停留在此處的殘像。在久遠的從前，眾神尚在，一個決議，總要經過多數人同意方能實行。然而現在，卻只有行止一人在此……

他將墟天淵外的四個封印放置於地上。

將封印與天外天相連接並不困難。不過片刻，行止便在天外天萬年不流動的空氣之中感受到了一縷微風，帶著墟天淵中的瘴氣，極為輕微，卻又能讓人輕易地捕捉到。

他能想像得到此時墟天淵外，仙人們會有怎樣高興的表情，臨時結界破裂，然而墟天淵的大門卻闔上了，妖獸們不會再逃出去……

行止有些脫力地在地上跪了一會兒，最後只壓下所有疼痛，凝了目光，不曾看一眼過去朋友的姿態，只凝視著階梯，像來時那樣，一步一步走下去。誰都可以軟弱，誰都可以追憶往昔，但行止不行，他還有事要做，還有人要救。

肩上的血浸透了衣裳，順著手臂滑到指尖，滴落於地。太過專注於走自己的路的行止沒有回頭，也沒有看到沾染了他血液的神壇之上，那些金色的光芒經久不滅。

待離開青玉階梯，行止立時駕雲而起。現在天外天已經與墟天淵連了起來，他循著瘴氣濃郁的方向而去，不過片刻便入了墟天淵，黑暗之中極難辨別方向，他尋了許久，方才看見一點如星光芒。他急速上前，然而卻在抵達沈璃身邊的時候放緩了腳步。

他看見她雙眸輕閉，靜靜睡著，神色寧靜，好似做了什麼美夢。行止一時不忍喚醒她。他見過沈璃睡覺的樣子，眉頭緊蹙，呼吸極淺，像時時刻刻都防備著，但凡身邊有人敢圖謀不軌，她就能立即跳起來將對方捏死。

這樣安靜的睡顏，實在少見。

他便靜靜立在她身旁，摧毀墟天淵所需要的不過是一個法咒，然而待法咒念罷，墟天淵每坍塌一部分便會從他這裡抽走一部分神力。若是從前，抽走那些神力不過會讓他有幾分疲憊，但現在不行了，墟天淵的消失會耗盡他的力量……

沈璃睫毛倏爾一動，她緩緩睜開眼，看見行止淺笑著站在自己身前，沈璃便也忍不住笑了起來：「做了個美夢，醒來便看見你，實在再好不過。」

「那以後日日我都許妳美夢，也日日都讓妳在我身旁醒來……」

行止嘴角動了動，這句承諾終是沒法說出口。他只是笑了笑，輕聲問：「夢見了什麼，這麼開心？」

「我剛才啊……」她說著，嘴角便已經揚起了按捺不住的微笑，「我看見你躺在葡萄藤下的搖椅上晒太陽，手裡拿著沒看完的書，睡得可安穩了。陽光那麼溫暖，透過葡萄架，星星點點地灑在你臉上，漂亮得讓我都移不開視線。」

行止探手摸上她淺笑的臉頰，他也跟著微笑，但喉頭卻有些梗塞。知道他心底的情緒，沈璃忙問：「你那時……怎麼就把我撿回來了呢？」

行止彷彿想起了什麼事，搖頭笑道：「實在沒見過醜得如此標新立異的鳳凰，所以想撿回來仔細觀察觀察。」他聲音一頓，「不過，還好因那一時好奇將妳撿回來了。」

沈璃有些不滿地嘀咕：「我長毛之後還是挺漂亮的……」

「就這樣是最漂亮的。」行止將她抱進懷裡，又靜靜地與她依偎了一會兒。「沈璃，妳害怕嗎？」

「有一點。不過被你抱著就不會了。」

「我很害怕。」沈璃或許有來生，但他死後，或是灰飛煙滅，或是化為天地間的一縷生機……他將沈璃抱得更緊，「妳要是跟別人跑了，我得多想不開啊……」

沈璃一愣，隨即笑道：「行止神君何時對自己如此沒有自信了？這三界之中，還有誰能同你相比？」

行止沒有答話，沈璃只聽耳邊有低微的法咒吟誦而出，那些咒文好似化為一道道金色的浮光，掠過黑暗的墟天淵，消失在四周。沈璃愣然，恍然之間，縛住她的鐵鍊上傳來幾下震動，沈璃問：「墟天淵要塌了嗎？」

「墟天淵空間太大，若是立即坍塌恐會發生什麼意外之事，這法咒會讓它從外至內，慢慢塌陷。」

沈璃無奈一笑：「看著自己怎麼慢慢死去嗎……行止，當真太狠得下心。」

行止心中最酸軟的部分好似被這話狠狠打了一下，只輕輕一呼吸，便把疼痛擠壓到了四肢百骸。肩頭的傷口裂開，他悶不吭聲地忍了下去，連眉頭也未皺一下，只摸著沈璃的腦袋道：「抱歉……讓妳也一起害怕……」

沈璃看了他許久，最後用頭輕輕撞了撞他的胸膛，無奈地說道：「誰讓你道歉了？我是在心疼你啊！」

背負了那麼多，連死亡也不能選擇更痛快的方式，行止這一生都被天道那看不見的力量所束縛……行止聽罷這話，目光直直地落在她身上，最後只是笑了笑：「被人心疼的感覺，還不錯。」

天上的神明站得太高了，別說凡人，連仙人也只能抬頭仰望，他們會仰慕，會崇拜，會敬畏，卻獨獨不會用看弱者的眼光去看他們，誰會因神明的無奈而悲傷？誰會因他們的無助而心疼？所有人都忘了，神明無情，並非少了能動情的心，而是被束縛得太緊。

她動了動手，卻被鐵鍊制住了動作，沈璃眉眼垂了下來。但忽然之間，鐵鍊又是一顫，沈璃聽見「咔嚓」的聲音自遠處傳來，鎖住她雙手的鏈條倏爾碎掉，變成一塊塊廢鐵，不知落到深淵的哪個地方去了。

沈璃愣愣地看行止，或許是錯覺，她覺得行止臉上的血色竟在一寸一寸慢慢褪去。行止轉過頭，避開沈璃的目光，不知往何處看了看：「墟天淵的大門或許已經塌了吧。這鐵鍊是從大門處連通進來的，既是做控制火之封印之用，亦能抽取火之封印的力量，互相平衡。」他一頓：「沈璃……大門塌了，意味著我們誰也出不去了。」

「嗯。」沈璃點頭，她伸出手，環住行止的腰，「一開始也沒打算出去。這樣就很好。」她在他胸膛找了個安穩的位置，將臉貼在上面，舒服地喟嘆一聲：「早想這麼做了，你不知我忍得多辛苦。」

行止微怔，忽而一笑，同樣環抱住了沈璃。

墟天淵中坍塌的巨響越來越近，但行止和沈璃卻像是什麼也聽不到似的，靜靜地依偎著，像是躲進了彼此最安全的避風港，再不管外界那些狂風暴雨。

「砰！」一聲與之前坍塌聲不同的巨響傳來。

行止眉頭一蹙，扭頭一看，一束極為耀眼的火光劈開了墟天淵中混沌的黑暗。沈璃自行止懷中探出頭去，忽見漆黑被光亮燒灼出一個洞，她看見了外面神色驚愕的仙人們，也看見了一步一步踏塵而來的鳳來。

沈璃脣角微動，鳳來身上的光太過耀眼，讓沈璃都看不清他的長相。但那樣的氣息，只感受過一次，她便知道是他。

他每一步都邁得不疾不徐，但轉瞬之間他便行至沈璃身邊，他手掌一轉，行止肩上的毒焰轉瞬便被他收於掌心。他看了行止一眼，隨即目光落在沈璃身上，將她五官細細看了一遍。鳳來脣角動了動，最後卻轉過頭，望著漆黑的墟天淵深處，繼續邁步向前：「帶著妳母親那份，活下去。」

話音一落，沈璃忽覺一股大力捲上周身，赤紅的火焰將她與行止裹住，拖拽著把他們拉向墟天淵外的光明中。

沈璃回過神來，這才知道鳳來要做什麼。她心頭極亂，透過火焰圍起來的壁壘，只遙遙地看見那個耀眼的身影越來越遠，不行……她還沒看清楚，還沒感受清楚，不行……

她欲逃出這火焰的包裹，但周身卻使不出一點力氣。墟天淵裡的黑暗離他們越來越遠，這力量一直將他們穩穩地放到地上方才消失無跡。沈璃伸手去攬，卻只來得及觸碰到最後的溫暖。

明明是那麼耀眼的火焰，但卻一點也不傷人……

她目光追隨著火焰消失的方向，墟天淵大門已然不在，只在空中留下一個黑色的洞穴，像是把天撕出了一個傷口，而鳳來送他們出來時的那道光亮早已消失不見。

沈璃指尖微顫，正是茫然之際，忽覺肩上一熱，沈璃愕然回首，但見行止倚著她的肩頭，口中血如泉湧。

行止口中的鮮血不停地湧出，他捂住嘴，想推開沈璃，但手卻是那麼無力，未將沈璃推動，他自己先倒向一旁，趴在地上，又嘔出一大口血來。那襲曾一塵不染的白衣，他素來乾淨修長的手指，還有那張總是掛著淡淡微笑的臉龐，此時都被鮮血染得一片狼藉。

「行止……」沈璃怔然地喚他，心頭是從未有過的懼怕和倉皇。她幾乎是跪著挪到行止身邊，將他抱在自己的腿上，她的指尖與嘴唇顫抖得比行止還要厲害，「為何……」

她伸手抹去行止嘴邊的血，但立即又有血液湧出，將她的衣袖也染溼了。「不是已經出來了嗎？」她的聲音抖得不成樣子。「他代替我被埋在了墟天淵裡……他……」沈璃哽咽，「你怎麼還會這樣？」

冰涼的手被緊緊握住，行止的眼眸靜靜地看著沈璃，那雙波瀾不驚的黑眸裡彷彿藏著讓人平靜下來的力量，他嚥下喉頭翻湧的腥氣，氣息虛弱，但神色間卻沒有半分軟弱：「神明……沒有存在的理由了。」

天外天會隨著墟天淵的消失而消失，再沒有什麼東西關乎三界存亡，天地間不再需要能與天道抗衡的力量。神這種由天而生的職位，也是時候功成身退了。

「神明沒有存在的理由又如何！」沈璃緊緊握著他的手，聲音好似從喉嚨裡擠出來一樣乾澀，「行止還有存在的理由！不是神明，只是你，只是行止，你還有那麼多活下去的理由……」

「若還可以……」行止笑了笑，「我活著的理由就只剩下沈璃了。」

天空中的墟天淵猛烈地顫抖起來，黑暗的範圍慢慢縮小，饒是行止如何將牙關咬緊，鮮血還是自他嘴角溢出。他感覺到沈璃的手在不停地顫抖，慌亂得沒有半點平時威風的模樣。

「沈璃此人，太不會照顧自己……太不會心疼自己……」行止咳嗽了兩聲：「若是可以，我想替妳照顧妳，代妳心疼妳……」

沈璃心口劇痛，好似血脈都被揉碎了一般。「你倒是說到做到啊！」

行止一笑，搖了搖頭，倏爾猛烈地咳嗽起來，太多的鮮血讓沈璃幾乎抓不穩他的手。許是她的表情太過哀傷，行止笑了笑道：「字字啼血……我今日倒是玩了個徹底，也算是做了一次子規，當了一次妳的同類。」

沈璃咬緊牙關：「這種時候，只有你才開得出玩笑……」

一句話勾起太多往昔回憶，連行止也靜默下來，沉默了許久之後，他咧了咧嘴，三分嘆息，三分無奈，還夾雜著幾分乞求的意味：「那……沈璃，妳便笑一笑吧。」

眼淚啪地落在行止臉上，溫熱的淚滴滑過他滿是鮮血的臉頰，洗出一道蒼白的痕跡。沈璃抿脣，微笑。

行止扭過頭，閉上眼，一嘆：「實在……慘不忍睹……」

剛說完這話，行止忽而臉色一白，渾身肌肉驀地繃緊。與此同時，墟天淵劇烈一顫，有碎裂的聲音從天空中傳來。沈璃愣愣地轉過頭，但見那空中的黑色空間如同瓷器一般，被一股無形的力量打碎，碎片化為煙灰，裡面封印的妖獸也好，野心也罷，都隨著清風一吹，消失無跡。陽光穿透瘴氣，照在這片被墟天淵的黑暗遮蓋了千餘年的土地上，掃蕩了所有黑暗。

而在耀眼的陽光之中，沈璃好似看見一簇微弱的火焰在空中躍動，它像葉子一樣，慢慢飄落下來，沒入大地。

「沈璃。」她聽見行止輕聲問她，「這是妳夢裡的那束陽光嗎？」

沈璃望著他，不見他脣角再湧出血液，但不知為何，她心裡卻更加慌亂。「不是。」她說：「不是，你得陪我一起去找那樣的陽光，那樣的場景。」

「真可惜……不過……我相信，以後妳一定會找到……」他像累極了似地慢慢閉上了眼，「那樣的陽光。」

行止握住沈璃的手漸漸沒了力氣，沈璃垂下頭，握著他的手，讓他的手背貼著自己的臉頰。「混帳東西……」她聲音極低，嘶啞地說道：「你明知道，我要找的，是那個晒著那樣陽光的行止……混帳東西。你讓我，上哪兒再去找一個行止啊！」

然而，卻沒有誰再給她回應。

天空中不知從哪兒散落下來星星點點的金色光輝，像是隆冬的大雪，鋪天蓋地灑了滿天。

靜立在旁的仙人們皆抬頭仰望，不知是誰喊了一聲：「是神光！是行止神君歸天的神光！」仙人們倏爾齊齊跪下，俯首叩拜。「恭送神君。」

「恭送行止神君。」

這天地間最後一位神明，消失了。天道終是承認他是以神的身分離開的嗎？天道終是讓他化成了天地間的一縷生機，與萬物同在，享天地同壽嗎……那她……豈不是連輪迴也無法遇見行止了。

沈璃仰頭，望著漫天金光，在那般璀璨的閃亮之下，她雙目中的所有光芒卻漸漸暗淡了。

再也沒有這樣一個人了……

她抱著懷裡逐漸冰涼的身體，輕輕貼著他的臉頰，像是與他一同停止了呼吸。

不知過了多久，有人走上前來，輕聲喚道：「碧蒼王。」沈璃沒有回應，那人頓了一頓，又道：「碧蒼王沈璃，神君已然歸天，神識不在，他的身體是不能隨意滯留於下界的。歷代神君歸天之後，皆要以三昧真火將其渡化至無形。碧蒼王，且將行止神君交予我吧。」

沈璃這才抬頭看了來人一眼，竟是天君親自來魔界要人了。她垂下頭，還是用那個姿勢貼著行止。「不行。」

天君臉色微變，但見沈璃這樣，他也未生氣，只道：「神君尊體，唯有以三昧真火火化，方能保世間最大周全。」

「哼。」沈璃冷笑，「他在時，你們時時要他保三界周全，護天下蒼生，他死了，你們竟是連屍骨也不放過，還想讓他的屍體也為三界安寧做一份貢獻？」她抱住行止的手一緊，眸中倏地紅光一閃，在天君跟前燒出一道壁壘，灼熱的烈焰逕直燒掉了天君鬢邊幾絡髮絲，逼得天君不得不後退兩步。

「你們有本事，便從本王手中將人搶過去。」

天君目光一沉，又聽沈璃道：「若今日你們真將他搶去燒了，他日，我碧蒼王沈璃，必定火攻九重天，勢必燒得你天界——片甲不留！」她聲音不大，但言語中的果斷決絕，卻聽得在場之人無不膽寒。

隔著火焰壁壘，眾仙人皆看見了沈璃那雙染血之眸冷冷盯著他們。僵持之際，幽蘭忽而上前，行至天君身邊一拜：「天君，行止神君被三界蒼生桎梏了一生，至少現在該還他自由了。」她俯身跪下：「幽蘭懇求天君網開一面。」

「皇爺爺。」拂容君亦在幽蘭身邊掀衣袍跪下，「神君雖已歸天，但方才大家有目共睹，神君定是願意和碧蒼王在一起的。皇爺爺極尊重神君，為何不在這時候再給他一分尊重和寬容？拂容求皇爺爺開恩。」

天君見兩小輩如此，眉頭微蹙，忽而身後又陸陸續續傳來下跪求情的聲音，他一愣，轉過頭，卻見在場的仙人無不俯首跪下，懇求於他。天君掃視一圈，隨即一嘆，轉過頭來望著火焰壁壘後的沈璃，最後目光一轉，落在行止已安然閉目的臉上。「罷了！」他長嘆，「罷了罷了！」言罷，拂袖而去。

拂容君與幽蘭這才起身，兩人看了一眼壁壘之後的沈璃，一言未發，駕雲而去。仙人們也跟著他們漸漸離開。

直至所有人都走完，沈璃才撤了火焰，抱著行止，靜靜坐著。「你自由了。」她聲音沙啞，「你看，沒人會再用神的身分禁錮你了。」

但行止已經不會再有任何反應，沈璃抱著他，將頭埋在他冷冰冰的頸窩裡，嗅著他身上淡淡的香味，幻想著他下一刻還會起來。

漫天金光消失了蹤跡，黃沙被風捲著一陣一陣地飄過。沈璃不知在這裡坐了多久，直到有人從遠處而來，喚道：「王爺！」

是魔界的人尋來了。沈璃抬頭一看，走在第一位的竟是魔君。沈木月沒有戴面具，也沒有幻化出男兒身形，她急切地走了過來，望著沈璃，沉默了許久，最後蹲下來，看著沈璃的眼睛，安撫一般說道：「傻孩子，該回家了。」

「師父……」沈璃抬頭看她，眼眸中全然沒了往日光彩，「我把不應該弄丟的兩個人，弄丟了。」

她的聲音嘶啞得不成樣子，聽得沈木月心尖一軟。「阿璃……」她不知該說什麼，頓了半晌，只道：「先回家吧。」

一年後。

墟天淵消失了，魔界的瘴氣日益減少，那些受瘴氣影響而魔化的怪物也越來越少，沒了對外戰鬥的事，朝堂上的利益紛爭便越發厲害起來。沈璃不喜這些明爭暗鬥，索性整日稱病不去上朝，也不去議事殿，左右也沒什麼戰事需要她去操心，她便日日在魔界都城裡閒逛，偶爾捉幾個偷懶出來喝酒的將軍，收拾幾個仗勢欺人的新兵，人送新名稱——「撞大楣」。

肉丫聽了很為沈璃抱不平：「他家才撞大楣！別讓肉丫知道是哪個倒楣傢伙傳出這名號，待知道後，肉丫定讓噓噓去啄禿他的頭！」

沈璃坐在椅子上悠閒地喝了口茶。「沒什麼不好。」她說：「我本來就是很倒楣的一個人。」

肉丫聞言一愣，垂了眉眼。

她尚記得王爺一身是血地帶著行止神君屍身回來的時候，那時的沈璃簡直像魂都沒了一樣。將行止神君送去雪祭殿後，她帶著一身傷，在那冰天雪地裡獨自待了三個月，最後是魔君看不下去了，才將她強行拖出。

這一出來便是一場大病，斷斷續續又纏了她三、四個月，待病好之後，沈璃便像是想通了一般，又恢復了從前的模樣。但是肉丫知道，現在的沈璃，心裡已經爛得亂七八糟了。

「明天我不會回府。」沈璃喝完了茶，輕聲開口說道：「妳只準備妳自己要吃的東西便行了。」

肉丫一愣，恍然記起，明日不正是神君歸天一年的時間嘛。

肉丫有些擔憂地點了點頭。沈璃瞥了她一眼，然後揉亂了她的頭髮。「別擔心，都過去了。我知道的。」

這條命是行止和她父親一起撿回來的，就算她不為自己活著，也該為他們好好活下去，要照顧自己，心疼自己，如果行止沒辦法來幫她，那就只好讓她自己來打理自己了。

肉丫點頭，看著沈璃走遠，只餘一聲嘆息。

雪祭殿的大門再次被打開。冰雪之氣從內部湧出，沈璃輕輕閉上眼，這樣的涼意能讓她想起行止，她邁步踏進雪祭殿中，她將行止的屍身放在這天地自成的封印之中，既能保他身體不壞，又不至於讓心懷不軌之人將他身體盜走。

「行止。」她破開層層霜氣，仰頭望向中間的那個冰柱，但瞳孔卻驀地一縮。

冰柱之中……沒有人！

沈璃愕然，她疾步邁上前去，繞著中間的冰柱看了一圈也未看見行止的身影。她心裡驀地一慌，但又隱隱燃起了一絲新的希望，她握緊拳頭強迫自己冷靜下來，但在這時，雪祭殿外忽而傳來肉丫的呼喚：「王爺！王爺！」

沈璃出了雪祭殿，但見肉丫氣喘吁吁地奔到她面前。「有……有……有妖獸！在主街上！是個雪妖！」

沈璃推開肉丫，疾步離去，因為顫抖而導致腳步有些踉蹌。她只望著前方，搜索自己熟悉的氣息，一路奔至都城主街，像瘋了一樣向前尋找著。忽然，她聽見前面有嘈雜的聲音，有民眾的驚呼，有官兵的喝斥，她推開那些人，看見一個白色的背影在街中站著，他背對著她，那一頭雪白的髮隨著他的步伐輕輕搖曳。

所有人都像被他嚇到了一樣，主動給他讓出一條道路來。他邁著緩慢的步伐，走向了碧蒼王府的方向。他走得那麼慢，那麼慢，卻偏偏讓人覺得，就算前方有刀山火海，有槍林箭雨，他也會毫不猶豫地坦然向前，為尋他想要的那個終點，而至死不渝。

沈璃只覺喉頭鎖得死緊，眼眶熱得發燙。她跟著他的腳步向前走著，然後越來越快，越來越急切，最後撲上前去，一把將他抱住。

「行止，行止……」她喚著他的名字，「是你！我知道是你！」

一定得是他。

沈璃心想，否則她不知自己會多絕望。

似冰一樣涼的人停下腳步。但沈璃將他抱得太死，他根本沒法轉身。

一隻僵冷的手掌輕輕放在沈璃貼在他胸膛的手上，動作微帶遲鈍地將她的手握住，向上拉著，放到他的嘴邊，落下涼而輕的一吻。

「沈璃，我回來陪妳晒太陽了。」

行止神君回來了，只是神力極為微弱，弱得如同尋常仙人一般，而身體卻是連尋常仙人也不如。沈璃憂心魔界尚有殘留的瘴氣會對他有所妨礙，便帶著他去了人界，買了間小屋，一如當初他還是行雲的時候。

天界的人來找了他幾次，行止避而不見，將避世的態度擺明了，天界的人倒也識趣，便不再來尋他了。

沈璃便與行止在小屋裡安頓下來。生活好像又回到了最初的樣子，病弱的書生和霸氣的女王爺，他們在後院種了葡萄，兩個人一起動手，邊聊邊種。

「妳就不好奇我是怎麼回來的？」行止問沈璃。

「好奇，但不敢問。」沈璃一頓，她坦白道：「要是一問，發現這是一場夢，我該怎麼辦。」

行止一愣，心道沈璃這次定是被嚇到了。他笑了笑，也不再說什麼，不著急吧，他還有那麼長的時間來告訴沈璃，這就是現實。

只是……他望了望天，破碎的天外天，老友們殘留的那些金光影像……他垂下頭，將土鬆了鬆，關於上古神的那些記憶，對以後的人而言，只會像是一場夢吧。他能想到，在天界西苑之中，那些藉助眾神殘留神力飄浮的靈位，此時應該已經灰飛煙滅了吧。因為……他們將最後的最後，都變成了他活下去的力量。

他的朋友、過去，都已經追不回來了。

「沈璃。」他忽而喚道：「我不再如曾經那般強大，妳可是會嫌棄我？」

沈璃瞥了他一眼，自然而然地問：「為何要嫌棄？最開始，我愛上的就只是個病弱的凡人而已。」

他們轉了一圈，原來只是回到原點啊。

行止愣了愣，隨即一笑，再不多言。

這世間最後一個神不見了，但卻多了一個閒散的仙人。

年復一年，人界的時間過得太慢，沈璃和行止小院中的葡萄藤已經開始結大串大串的葡萄了。

是日，陽光透過葡萄藤照在躺在搖椅上的行止臉上，他閉目淺眠，忽聞一個聲音道：「嘗嘗，葡萄。」行止睜開眼，看見站在身旁的沈璃，她逆光站著，剪影太過美麗。行止伸手接過葡萄，忽然想起什麼一般道：「沈璃，妳之前還欠我兩個願望呢。」

沈璃一怔，琢磨了許久，好似才想起這件事。「你還有什麼願望？」

「第一個願望，以後每年夏天，妳都幫我摘葡萄吧。」

沈璃在他身旁的搖椅上躺下，點頭答應：「好啊。」

「第二個願望……」

沈璃側頭看他：「今天你要把願望都許完嗎？」行止也恰好在這時轉過頭來，兩個人的氣息挨得極近，行止笑道：「因為，第二個願望，要花很久的時間去完成。」他直起身子，在沈璃脣上靜靜落下一個吻。

「幫我生和一串葡萄一樣多的孩子吧。」

沈璃一驚，推了他就跑。「喪心病狂！」

院中，只留下行止止不住的輕笑。其時，陽光正好。

番外一

鳳來

一聲巨響，地室中驀地一顫，彷彿有一股極熱的氣浪自深處滌蕩而出。琉羽身形一偏，只得扶住牆壁，方不至於摔倒在地。待震顫平息，身後的門人皆在竊竊私語，猜測著魔君這次又做出了什麼妖獸，誕生之初便弄得如此大的動靜。大家皆憂心忡忡。

琉羽瞥了他們一眼，默不作聲地往前走，推開結實的木門，接下來的路便只有得到過特許的人才能走。

封閉的甬道旁架著火把，許是琉羽的錯覺，她覺得今日這火光好似比往日來得都明亮一些。行至甬道盡頭，面前石門緊閉，琉羽抬手輕叩門環，但只敲了一下，石門轟然坍塌，琉羽愕然。屋內耀眼的光亮透過厚重的塵埃照射出來，刺目得讓琉羽不禁微微瞇起了眼。

「做出來了！哈哈哈！終於成了！終於成了！」

六冥的聲音嘶啞中帶著近乎癲狂的欣喜之意，他的背影在火光映射中顯得有幾分駭人，琉羽緩步行至他身邊。

「師父……」她的目光越過六冥的身子，看見屋內一片狼藉，丹爐翻了一地，火焰遍地燒著。而在那火光之中，靜靜立著一個幼童，他閉著眼，好似在沉睡，模樣看起來不過六、七歲大小，與尋常孩童無異，但是他身上卻有火焰在燒灼。

琉羽微驚：「師父……這是？」

「鳳來。」六冥眼中盡是被火灼熱的光亮，他咧嘴笑著，「他名喚鳳來。」

六冥邁步上前，涉火而過，停在鳳來跟前，將他抱出了火海。鳳來尚在沉睡，六冥望著他詭異地笑著：「有了他，我就可以做出更多的妖獸，也不用擔心無法控制牠們了，我只要控制這孩子便好。」

這麼小一個幼童……便是師父傾力煉製而成的妖獸？

「可是他還沒有醒啊。」六冥將鳳來塞到琉羽懷中，「妳先抱他回去躺著，我檢查一下是否有哪裡出錯。」言罷，六冥往還竄著火焰的屋子裡探尋而去。

琉羽愣愣地望著六冥，又看了看自己懷裡的孩子，最後只得一聲嘆息，領命而去。

抱著小孩走出石殿，門人們皆在背後對她指指點點，有的說師父瘋了，有的只搖頭嘆息。琉羽不予理會，直到將鳳來抱回自己的屋裡，看著小孩稚嫩的臉，琉羽也覺得，師父或許不大正常了，這樣一個弱小的孩子，哪兒有能力控制那些妖獸。

正想著，忽見孩子眼瞼微動。琉羽湊近看他，恍惚間，小孩睜開眼，一雙紅色的眼瞳將她的臉龐清晰映照出來。

「鳳來？」琉羽看見自己的笑顏在他眼瞳裡展開，這孩子的一雙眼睛比溪水更為清澈，「我叫琉羽。」

鳳來眨著眼看她，好似並不知道她說的是什麼意思。琉羽琢磨了一會兒，心道這孩子是被師父煉製出來的，像個嬰兒一般，對這個世間沒有半分瞭解，想來也是聽不懂她說的話吧。

琉羽欲起身離開，想給他倒一杯茶，可她還沒邁出步子，衣袖忽而一緊，鳳來眨著眼定定地望著她，一隻小手緊緊地拽著她的袖子不放。琉羽一愣，笑問：「怎麼了？」

鳳來不言。

大概……是害怕一個人待著吧。琉羽如此想著，索性彎下腰，將他從床上抱起來，鳳來怔怔地任由她抱起來，卻下意識地用手環住琉羽的脖子，他側頭，呼吸便噴在了琉羽的臉頰上。

琉羽將他抱到桌子邊，隨即坐下，讓鳳來坐在自己腿上。她拿了杯子，給他倒上一杯茶，然後放到鳳來嘴邊。「喝茶嗎？」

清香的氣味飄入鳳來的鼻腔，他眨著眼，目光終是從琉羽臉上移開，落在青綠的茶湯上。他張開嘴小心地嘗了一口，味覺帶給他的感受讓他驚奇地睜大了眼睛，目光又落在琉羽臉上。

「茶。」琉羽一笑，她教他，「這是茶。」

「炸？」

「茶。」

「擦……」

「不對，是茶。」

「茶。」

聽他這麼一會兒工夫就念對，琉羽亦感到驚奇：「你好聰明。」

「好聰明。」

琉羽揉了揉他的腦袋，正聊得開心之時，門扉忽而被推開，來人一臉陰沉地踏進屋來，幾乎是用質問的語氣道：「師父又煉製出了什麼妖獸？」

琉羽臉上的笑微微收斂，她摸了摸鳳來的頭，輕聲道：「師姊。」

沈木月還未走進裡屋便怒道：「他可知先前那些怪物已傷了魔族多少子民！又有多少將士因去捉拿妖獸而死！」她繞過屏風，但見琉羽懷中抱著一個瞳色妖異的小孩，她微微一怔：「這是誰家孩子？」

琉羽一默，繼而嘆道：「這便是師父新煉製出來的妖獸。」

沈木月一愣，倏爾大怒：「荒唐！他竟然將妖獸煉作人的模樣！」她一拂衣袖，衣袂的力道逕直將屏風擊碎，聲響過後，屋內一片沉默。

鳳來戒備又不滿地看著沈木月。

沈木月看著鳳來，被氣笑了。「他這什麼眼神？他一個妖獸，還對我不滿不成？」

「好了，師姊，」琉羽勸道：「他現在猶如赤子，什麼都不知道，妳何必對他撒氣。」

沈木月沒好氣地盯著琉羽：「妳還打算繼續幫他煉製妖獸？」

見琉羽沉默，沈木月恨鐵不成鋼。「妳怎麼還不明白！他煉製妖獸，說是為了讓魔界抵禦仙界，但如今，他分明就是在為了他的野心做準備！仙界已經注意到了他的動作，此舉只會讓魔界陷入戰亂之中！」

琉羽垂頭看著鳳來的手，依舊沉默不語。

「妳簡直是助紂為虐！」

沈木月面色鐵青，摔門而去。

屏風碎了，一地狼藉，琉羽有些脫力地坐著，心裡說不出的沉悶，其實……她又何嘗沒有質疑師父的時候呢。但如今妖獸的數量已不是他們能控制得住的，與其想別的方法毀滅牠們，不如依著師父的計畫，煉製一個更厲害的妖獸出來，讓他去控制……

心間煩悶事宜未想完，琉羽忽覺眉心一暖。鳳來小小的手指輕輕落在她皺緊的眉頭上，揉了兩下，把那些皺褶撫平。

琉羽微怔，倏爾一笑：「沒事。」她握住鳳來的手，有些無奈地想，可是師父做出的卻是一個孩子啊，這……要她怎麼能放心把那麼多妖獸扔給一個孩子。

「鳳來……」雖然艱難，琉羽還是開了口，「如果連神明也不制止他，那你就是最後的屏障了。」

鳳來不解地歪頭打量琉羽，似對她的話語與惆悵並不理解，但指腹還是在她眉心揉著，似乎不想讓她皺眉。

「你若能快些成長，能號令天下妖獸，庇護無辜的人民，就好了……」

鳳來只是望著琉羽，目光澄澈，似懂非懂。

鳳來好似極喜歡琉羽，總是黏著她。六冥索性將鳳來交給琉羽照顧，自己則投入到了更忙碌的煉製妖獸的事宜中。

六冥從未對琉羽交代過要如何教養鳳來，也未曾說過該將他養成什麼樣子，好像只要有個人給他餵飯，讓他活著便行了。若仔細論來，六冥唯一交代過的話，便是讓鳳來多接觸妖獸。

但這樣一個什麼都不懂的小孩，琉羽如何放心讓他獨自去接觸妖獸。她便時時將他帶在身邊。鳳來的心智與身體都長得很快，不過一個月的時間，便長得如同十四、五歲的少年一般。

他很聰明懂事，什麼都學得快，他與琉羽一同進出煉丹室，偶爾還能幫她打打下手。

可琉羽並不想讓鳳來只是陪著她在煉丹室忙碌，所以無論多麼忙亂，她總是要抽時間陪鳳來做一些別的事情。

比如，她會教鳳來吐故納新，會讓他感受這世界的靈力流動。鳳來學得很快。學會感受世界靈力的這個晚上，鳳來在院中靜坐，他似有最強大的天賦，不過呼吸之間，氣息在他身體裡流轉，他耳朵裡便聽到了遠處的風聲，他閉著的雙眼微微動了動。

在風聲裡，鳳來聽到了遠處都城地牢裡妖獸的喘息與嘶吼，牠們的爪子在地上和牢籠的鐵欄上摩擦出令人牙酸的聲音。

鳳來眉頭皺了皺。他定下心，將心神放得更遠，於是都城外的聲音傳來，他聽到了潺潺溪流的規律流動，還有小孩正嬉笑著在水邊打鬧。他彷彿感受到了那溪上的風，水中的魚，遠處的層巒疊翠，一切都那麼自然快活。

鳳來皺起的眉頭微微舒展，他嘴角微微勾起笑容。

風拂動，似有流雲之聲。

鳳來睜開眼睛，仰頭望向頭頂天空。

夜空之中，雲層散開，明月朗星。

鳳來略微失神地呢喃：「魔界……好美……」

忽然間，房間裡面傳來一陣琉羽咳嗽的聲音。鳳來立即望向琉羽的房間，起身走了進去。琉羽的房間裡燭火跳動。琉羽坐在桌邊，手中還拿著筆，正在書本上記錄著什麼。

「琉羽？」房門輕響，鳳來輕輕推開門，在門口站著望向琉羽。

琉羽看見鳳來，放下了手中的筆，起身走向鳳來：「怎麼樣？呼吸吐納，學得可還順利？」

鳳來點了點頭：「調動身體裡的力量，好像能感受到很遠的地方的人和事。」

琉羽聲色溫柔：「都感受到什麼了？」

「關在牢裡的奇怪東西……還有小河邊打鬧的小孩，很漂亮的樹林，還有……」鳳來的眼睛亮了起來，「還有星空，琉羽，魔界好漂亮。」

「是啊，魔界很漂亮。」琉羽垂目，握住鳳來的手，「草木生長短則數月，長則數年。靈物生長，更是需要數十年或數百年。山河孕育，則需數千萬年，魔界的美，來之不易。」

鳳來靜靜地聽著琉羽聲音輕柔地與他說話。「所以，無論何時，請一定好好珍惜這些美好，好嗎，鳳來？」

鳳來沉默了一會兒，開口問：「琉羽也是被魔界山河孕育的嗎？」

「當然。」

「那魔界不好，是不是琉羽也會不好？我不想妳不好，我會好好珍惜妳，也會好好珍惜魔界的。」

琉羽聞言，微微一愣。

「我聽見妳咳嗽了……」鳳來抬手，用指腹輕輕摸了摸琉羽的脖子，眼睛專注又關心地盯著琉羽。在燭火下，鳳來的眼睛十分閃亮，「聽起來，妳這裡不舒服。我很擔心。」

「我沒事的。」

鳳來不由分說地握住琉羽的手，把她拉到床邊，然後將她按到床榻上，又蹲下身，幫琉羽脫了鞋，讓琉羽躺進了被子。

琉羽眨著眼看著鳳來。

鳳來用力給琉羽掖了掖被子，直到把琉羽完全裹在了被子裡，然後把手輕輕放在被子上。「我方才吐納的時候也知道了，魔界會這麼照顧不舒服的人。妳睡覺，我陪妳。」

鳳來把手輕輕放在被子上拍了拍。

「睡吧。」

琉羽無奈，但還是聽話地閉上了眼睛。

片刻後，房中傳來規律的呼吸聲。琉羽睜開眼睛，悄悄轉頭一看，鳳來已經守在琉羽床邊睡著了。琉羽嘴角勾起，她張了張嘴巴，無聲地對著鳳來說了一句：「謝謝你。」

後來，琉羽帶著鳳來在院中種下了一棵小小的樹苗。她與鳳來一起去照顧這棵小小的樹苗，看著它生根發芽，在日復一日的澆水中慢慢生長。

那樹苗在地下生長的根，在琉羽看來，就像是鳳來與這個世界的聯繫，越來越多，越來越緊密。

朝中對妖獸的非議日盛，長老們將六冥及其門中弟子請去議事殿，商議煉製妖獸一事是續是止。琉羽離開前，將鳳來的食物皆安排妥當才急急忙忙走了。

誰也沒想到這個會議一開便是整整三日，長老們意在說服六冥放棄煉製妖獸一事，然而六冥卻不肯讓步。僵持了三日，最終六冥拂袖走人，言道：「我以妖獸上攻天界之事已成定局，反對者大可離開。」

眾長老無法，只得散了會議。

琉羽出了議事殿，回到房裡時，卻沒有看見鳳來，一問之下，方知他在煉丹室裡待了三天三夜。琉羽尋去，方一推門進屋，便見鳳來伸手從還在燒火的爐子裡面掏東西，琉羽嚇得忙將他腰一抱，不由分說地將他往外拖，鳳來直喚：「等等！琉羽等等！就要拿到了！」

鳳來力氣大，琉羽掙不過他，待他將東西拿出，一張髒兮兮的臉上滿是笑意。琉羽卻只顧著掀開他的衣袖，捏著他的胳膊上上下下檢查了一遍，直到確定他沒有被燒傷之後，才安下心，但這心一安，火氣便按捺不住地往上漲，她厲聲喝道：「你這手臂可是不想要了？刀給我，我來剁！」

言辭激烈，想是氣急了。

鳳來被罵得一怔，手中的東西剛要捧到琉羽臉前，又默默地收了回來，果真老實地從丹爐一旁翻出一把刀來，遞給琉羽，然後將自己胳膊伸了出去。

琉羽一呆，瞪著鳳來：「你以為我不敢剁是嗎？你在逼我？」

「妳要剁，就給妳剁。」他的眼眸沒有躲閃，就像是在說：妳要什麼，我都給妳。

琉羽望著他，心裡一時不知湧出了什麼滋味。她在鳳來面前立了半晌，最後將他手中的刀奪過來往旁邊一扔，一巴掌眼瞧著要打在他的腦袋上，但最後落下的力度卻輕得不可思議。鳳來靜靜地看著她，但見她臉上掛著無奈的笑意。「臭小子。」

鳳來任由琉羽的手在自己腦袋上胡亂揉著，也不知道自己的眼神被她揉得像碎了的光一樣斑駁。

琉羽忽然停了手，然後比畫了一會兒。「你是不是長得太快了？」她問：「怎麼感覺突然高了很多？」

鳳來沒有回答這個問題，只是將手中的東西遞給琉羽。「丹藥。」他說：「應該能消解疲憊。」

鼓搗這三日，伸手往火中去取的，就是這東西嗎？琉羽接過丹藥，放於鼻尖輕輕嗅了嗅，隨即一嘆：「這個……有毒啊……」

鳳來一愣，像是力氣一瞬間被抽光了。琉羽看了看他的表情，隨即一笑，一仰頭將丹藥吞了下去。鳳來一驚，伸手要去制止，但琉羽已經嚥了下去，他心頭一緊。「琉羽！」

「沒事沒事。」琉羽一笑，「雖有一兩分微小的毒性，但確實對消解疲憊極有效用，謝謝鳳來。」

鳳來怔怔地看她，便是在今日，他明白了兩種情緒，一種叫失落，還有一種是心疼，又或許，該叫作心動。

鳳來繼續學著煉丹，可在他有次不慎將丹爐燒融之後，琉羽知曉他力量強大，定是不會被別的妖獸欺負了，於是也不再時時將他看得那麼緊了。

但鳳來還是喜歡黏在琉羽身邊，除非琉羽明言讓他做什麼事，別的時間，他便坐在一旁望著琉羽發呆，也不願往別處跑。琉羽對他極是放心，從來沒有用看待妖獸的眼光看待鳳來，但……

「他終究流著妖獸的血，妳便如此放任他四處活動！」

是日，琉羽正在煉丹房鼓搗丹藥，忽然間，房門被推開，沈木月神色憤怒地走進屋來，喝道：「快隨我去前院！」

「他不過是去前院幫我拿東西。」琉羽驚愕地回頭，「怎麼了？」

「怎麼了！」沈木月上前拽著琉羽的手，拖著她便往門外走，琉羽拿著的藥材撒了一地，她眉頭微皺，可跨出門她便愣住了，前院的方向火光沖天。琉羽一呆，沈木月還未說話，忽見琉羽身影一閃，不見蹤跡。

行至前院，琉羽黑色的眼瞳被火光染得通紅。房屋、草木上皆是熾熱的火焰，甚至有的人身上也燃了起來，驚叫著滿地打滾，未被火燒灼的人四散而逃，場面一片混亂。

琉羽目光慌亂地一掃，在火光重重之中，恍然瞧見一襲黑衣的鳳來靜靜立著，他跟前有五個人被一團火焰圍出來的圓圈困在其中，似有人已窒息暈倒。鳳來盯著他們，眼眸紅得駭人，然而眼底卻沒有任何情緒，一如被六冥製造出來的其他妖獸一般，是個嗜殺成性、沒有感情的怪物。

「鳳來……」琉羽聲音微顫，她急急奔上前去，如往常一般，伸手欲抓他的手腕，卻不想鳳來驀地回過頭來，那雙猩紅駭人的眼睛望進琉羽眼裡，那熱得灼人的殺氣如劍逕直扎在琉羽心裡。琉羽一愣，什麼都還未來得及反應，鳳來倏地一抬手，烈焰如刀，擦過琉羽的頸項，電光石火之間，琉羽只覺後襟一緊，被人拽著往後退了數步，方才險險躲過這奪命一擊。

「瘋了嗎！不知他是妖獸？」沈木月的喝斥聲在琉羽背後響起。

琉羽微微轉頭，目光怔忡地看了沈木月一眼。

「師姊……我……」她只是沒想過鳳來會傷她。

可這話還沒說出口，忽而一口熱血自琉羽口中湧出，沈木月一驚：

「琉羽！」

琉羽亦是一驚：「為什麼……」她話未說完，忽覺身體無力，腳下一軟，倒在沈木月懷裡。她喘著粗氣，捂著胸口，感覺胸腔中彷彿有火在燒灼一般難受。

「何處傷到了？」沈木月檢查她的頸項，只見有一道被燙出的紅印，別處並沒有傷口，然而琉羽卻痛苦極了似的，捂著胸腔，一個字也沒說出來。沈木月心急，但見她快閉上眼，不停喚著她的名字，焦灼之際，身旁驀地跪下來一人。

沈木月渾身一僵，剛想帶著琉羽躲開，卻未承想一雙還帶著些許稚嫩的手緊緊拽住了琉羽的手。那雙手像是抽走了琉羽身體裡的灼熱一般，讓琉羽的呼吸漸漸順暢起來。

四周的火焰也慢慢熄滅，沈木月眉頭微皺，眼中戒備仍未減，她回頭盯著鳳來，卻見少年垂著腦袋，眼淚啪噠啪噠地落在琉羽手上，不停地道歉：「我不是故意的，我不是故意的……」惶恐得就像是快要被處死的罪犯。

沈木月微愣，但見琉羽氣息已經平穩下來，又見鳳來如此，她才扭過頭詢問那幾個方才被圍在火焰圈之中的人：「怎麼回事？」

那五個人中的一人已窒息暈倒，剩下四個人皆渾身癱軟，坐在地上。一人抖著聲音道：「我……我們只是質疑了一下魔君如今的做法而已。」他好似心有餘悸：「不過說了魔君幾句不是……我們便罪該萬死嗎？」

沈木月沉默，又轉頭看著鳳來。

鳳來沒有一句話的辯解，只專注地看著琉羽，像別的已經與他無關一樣。待看見琉羽閉著的眼睛微微動了兩下，他呼吸一輕，像是怕嚇到琉羽一樣。

「當真如此？」琉羽睜眼，望著鳳來，氣息尚有些虛弱地問：「這是……你殺他們的理由？」

鳳來一愣，望著她的眼睛，許久，垂頭道：「他們還說妳的不是……」本是該教訓他的，但鳳來如此一說，琉羽忽然間好像失去了所有教訓他的理由，這個孩子，是為了她才發了那麼大的火……琉羽掙扎著坐起身來，看了看四周，嘆道：「那也不該。」

「我錯了。」

琉羽靜靜地看著他：「還有呢？」

「對不起。」

事已至此，眾人也再無話說，鳳來是六冥煉製出來的妖獸，誰也沒有資格罰他，即便是琉羽。能得到一句道歉，比起那些被別的妖獸吃掉的同伴來說，已算是極好。

沈木月輕聲問琉羽：「可還能走？」琉羽點頭，沈木月便不再耽擱，站起身來，立即安排人手打掃現場，救治傷者。

琉羽靜靜看著她的背影，感慨道：「若師姊有朝一日能身處統治之位，定是極有手段和氣魄的。」

「回去歇著吧。」沈木月淡淡撂下這話，邁腿離開。

琉羽望著她走遠的背影笑了笑，也想站起身來，可腿腳尚無力，旁邊的鳳來默不作聲地蹲下，用背對著琉羽。琉羽愣了一愣，隨即一笑，也不客氣，抱著他的脖子，讓他將自己背了起來。

「鳳來。」離開前院，走在幽靜的小路上，琉羽輕輕開口，「為什麼……會對我動手？控制不了嗎？」

鳳來腳步倏地一頓：「妳身體……還是不舒服嗎？」

琉羽一怔，隨即笑道：「現在已經沒事了。」

「當時聽了他們的話，只覺得很生氣，然後就不知道發生什麼了。」鳳來沉默了一瞬，他聲音微悶，「我好像……會變成另外一個人。」

「不是另外一個人。」琉羽察覺到他的不安，抱住他脖子的手微微向下滑了一點，讓手掌剛好放在他胸膛上，然後輕輕拍了拍，「你只是力量太大，還控制不了。」

「我的力量很大？」他猶豫了一會兒，問：「妳……不喜歡嗎？」

「對於強大的力量，我談不上喜歡或不喜歡。」琉羽琢磨著語言道：「就像刀，我對它談不上喜愛，但若是用它來切菜，我看見它便心中歡喜；若是用它來殺人，我看見它自然會心生恐懼。你的力量也是這樣，可做殺戮，亦可為護。明白嗎？」

鳳來想了一會兒：「我保護妳，妳就喜歡我的意思嗎？」

「嗯……也差不多可以這樣說吧。」

鳳來點頭，再沒說別的言語。

陽光明媚的下午，琉羽身體恢復之後，便忙著將自己院子裡的另一間屋子收拾出來，然後將鳳來的東西全搬到了那間屋子裡。其間琉羽還叫鳳來幫忙，鳳來默不作聲地做完琉羽交代他的事，直到琉羽看著整理好的屋子，笑著告訴他：「好了，從今天開始，你就從我那屋搬出來，住這裡啦。」

鳳來先前一直住在琉羽屋裡，一來是因為他小，二來是因為琉羽實在懶得收拾房間，但如今鳳來已經這麼大了，兩人再住在一起怕是有些不妥。

鳳來看了屋子裡一眼，然後又望著琉羽：「我……搬出來嗎？」

「嗯，你今晚就睡這兒吧。」

鳳來打量了一下琉羽的神色，好像是在確認她是不是在生氣，或者有別的情緒，但他看見的，只有琉羽了結一件事情之後的愉快微笑。她……不想和他在一起啊……

一時間，他最柔軟的心尖像是被什麼東西打了一下，他一抿唇，不由得往後退了一步。

琉羽不解：「不喜歡嗎？」

鳳來沒有抬眼看她，只點頭道：「嗯，喜歡。」

琉羽拍了拍他的肩，回了自己屋，關上門，將鳳來追尋而來的目光也擋在了門外。鳳來嘴角動了動，最後只是垂頭小聲道：「其實……不喜歡。」

當天晚上，琉羽在床上輾轉到半夜也未曾睡著。這一個多月來，一直有另一個人的呼吸聲陪著自己入睡，今日突然沒了，倒還讓她有些不習慣。

不知是深夜的什麼時辰，還沒睡著的琉羽忽聽門口「咔」的一聲輕響，她翻身坐起，輕手輕腳地走到門口，猛地將門拉開，倚門而睡的少年驀地一頭倒進來，驚醒了美夢。他抹了抹嘴角，然後抬眼望了琉羽一眼，沒敢開口。

琉羽不解地蹲下，平視他的眼睛：「為什麼不回自己屋睡？」

鳳來沉默了許久，最後抬眼看琉羽：「妳是不是還在為上次我傷了妳而生氣？」

琉羽一愣：「不生氣啊，沒有生氣，不過……你為什麼忽然提這個？」

「那妳是不是討厭我？」

琉羽撓頭：「也沒有啊。」

鳳來眼角垂了下來，有些委屈：「那為什麼把我趕出去？」

琉羽了然，隨即笑了出來：「不是討厭，也沒有生氣。讓你住另一個房間只是因為你長大了，咱們男女有別。」

「我還小。」

聽到這麼一句話，琉羽實在哭笑不得：「你已經很大了！」

鳳來好似極為失望：「到底要如何，才能在大了之後還跟妳住在一起？」

「這個啊……」琉羽捏了捏他的鼻子，「那就把我娶了吧。」

鳳來茫然地望著琉羽：「什麼是娶？」

琉羽笑著輕輕拍了拍他的腦袋：「這個只可意會，不可言傳，等到你該明白的時候自然就明白了。所以在明白之前，你還是乖乖回去睡覺。」

鳳來不動，琉羽與他對視了半晌，終是認輸一般嘆道：「好吧，我會陪著你直到你睡著為止，來，回屋。」她牽了鳳來的手往他屋子走，鳳來卻停住腳步不挪動半分，他望著琉羽，紅色的眼瞳裡映著月光和琉羽的剪影。

「那我不睡了。」

不睡著，琉羽就會一直陪著他吧。

琉羽一怔，望著少年的眼睛，忽然覺得，她是不是把這個孩子養得太過依賴她了……

分開睡這件事，琉羽下了狠心。鳳來纏了琉羽幾日，琉羽想來想去，覺得或許是鳳來的世界太過單調，除了她，便沒什麼其他物事了。琉羽捉了隻小鳥給鳳來，本來只打算讓他當作玩具，但沒想到鳳來得到小鳥之後，竟當真高興得不再那麼纏著琉羽了。

琉羽很是欣慰，可沒過幾日，小鳥卻暴斃而亡，想來是受不了鳳來身上日漸強大的妖獸之氣。

鳳來捧著小鳥的屍體來尋琉羽：「琉羽，牠怎麼了？為什麼不動，也不看我了？」

鳳來那雙眼睛哀傷得讓琉羽都不忍心看，她摸了摸鳳來的腦袋說：「小鳥死了。」

鳳來望她：「什麼叫死了？」

「就是再也不會動，再也不能睜眼看你了。」琉羽給他解釋。

「琉羽醫術很好，我們也有藥材，救救牠吧。」

琉羽搖頭：「死亡和生病不一樣，死亡，是救不了的。」

鳳來眼神一空，呆呆地看著小鳥，隨後又慌張地看向琉羽：「那琉羽也會死去嗎？」

琉羽苦笑：「當然會。」

鳳來一隻手緊緊地抓住了琉羽的手腕。

「鳳來別怕。」琉羽的神色平靜又溫柔，「死亡其實只是歸去。」

「去哪兒？」

「去來的地方。」琉羽看著小鳥，想了片刻，「那是所有生命終將抵達的彼岸。在那邊，所有錯過和失散的人都會重逢。」

鳳來似懂非懂地望著琉羽，沉默了半天，一句話也說不出來。

琉羽拉著鳳來，將小鳥埋在了院裡。

他們在院中那棵小樹苗旁堆了一個小小的土墳，堆完後，琉羽發現土墳旁邊有一根小草正在發芽。

「鳳來，你看，這是什麼？」

鳳來瞥了一眼，直愣愣地回答：「草。」

琉羽失笑：「這是生命的延續。」琉羽拉著鳳來的手，輕輕摸了一下小草。

鳳來摸著發芽的小草，再看了眼土墳，默念著：「生命的延續……」他反應過來，轉頭看向琉羽，還沾著土的手再次緊緊握住琉羽：「我不想讓妳變成草，我不想讓妳延續，我不想讓妳歸去，妳可不可以永遠都只是琉羽？」

琉羽無奈地望著鳳來。

似乎讀懂了她眼中的意味，鳳來微微低下了頭。「那……琉羽會歸去，我也會歸去吧？我歸去之後，是不是會和琉羽去同一個地方？」

琉羽一愣，一時間不知道如何回答。

「會嗎？」鳳來望著琉羽。

琉羽張了張嘴，最後點頭，堅定地說：「會。」

鳳來高興了一瞬，但看著小鳥的墳，鳳來的神色又變得失落了，他似乎領悟到了什麼。

他隱約感覺到了，是自己身上的氣息讓小鳥死去了。

自那以後，鳳來再也不養小鳥，也不纏著讓琉羽陪他一起睡覺了。

鳳來的力量還在不斷增長，六冥著令琉羽日日帶著鳳來去往馴養妖獸的地方，意在讓鳳來熟悉其他妖獸，並學會怎麼降伏牠們。琉羽雖還是不放心，但想到之前他那火焰的力量，她還是將鳳來帶去那裡了，只是寸步不離地守在鳳來旁邊，就怕有妖獸前來，一個不留神，傷了鳳來。

然而琉羽卻沒想到，最後，受傷的是她自己，而被保護的那一個……也是她。

當烈焰築成的壁壘在鳳來身邊展開時，他雙眼猩紅地盯著壁壘外的妖獸們。

壁壘外，那些嗜血成性的傢伙，將他們團團圍住。琉羽捂著不小心被一隻妖獸劃破皮的手臂咬牙道：「怪我大意了。」她看著地上那隻已被鳳來燒成灰燼的小妖獸一嘆：「這些傢伙已經聞到了血的味道，今日怕是不得善了。」周邊有數十隻妖獸虎視眈眈地盯著她與鳳來，只需找到一個時機，妖獸們便會撲上來將她與鳳來啃噬乾淨。

琉羽眉頭緊蹙，鳳來始終還未長成，與這麼多妖獸相對難免會落於下風……她心中焦慮，卻見鳳來轉頭看了她一眼。「妳別怕。」他說：「無論如何，我都會帶妳出去。」

火光照亮少年過分漂亮的臉龐，琉羽心頭倏地一動，她忙扭過頭，心中暗罵自己莫名其妙。待她回過神來，還要與鳳來商量計策之時，卻見鳳來踏步邁出壁壘，隻身走到火焰之外，在琉羽呼喊之前，他隻手一揮，大簇的烈焰自他掌心轟然而出，在地面上燒出一條焦黑的直線，不管是擋在他前面的妖獸還是樹木，皆被這一擊燒得乾乾淨淨。

而對現在的鳳來來說，使用這麼大的力量顯然還是令他極為疲憊的，他的火焰壁壘登時弱了不少。鳳來轉過頭，一個「走」字尚未出口，忽見一條黑乎乎的東西驀地穿透他的火焰壁壘，從後面襲上琉羽的腰，將她整個人裹住。

鳳來瞳孔猛地縮緊，探手便要去抓琉羽，可那黑色的條狀物竟比他的動作更快幾分，裹著琉羽便拖了出去。原來那是一隻青蛙模樣的妖獸，而那黑色的條狀物是青蛙的舌頭！牠一口將被拖出去的琉羽含進嘴裡，鳳來只聞「咕咚」一聲，也沒聽琉羽發出任何聲音，便被牠吞進了腹中。

鳳來怔怔地僵在原地，那青蛙沒再看鳳來一眼，轉身一跳便要跑。

「站住！」鳳來聲音嘶啞，好似從地獄中尋來的厲鬼一樣，「站住！」他身影一閃，不過電光石火之間，只見跳到半空中的青蛙驀地被撕成兩半，膛開肚破，內臟稀里嘩啦地落了一地。血水之中，有個東西被皮肉包裹著在掙扎，鳳來撲上前去，用利爪將那皮肉劃開，小心翼翼地將裡面的琉羽拉了出來。

「琉羽……」他聲音顫抖，泛紅的眼眸中有星星點點的光在竄動。

「咯！」琉羽趴在地上，咳得撕心裂肺。

「琉羽……」他無助得像是快要哭出來一樣，「妳……」他想用力抓住琉羽的手，但又害怕抓得太緊傷了她。他已經漸漸明白，琉羽和自己是不同的，自己受了傷感覺不到什麼疼痛，傷口也能很快癒合，但是琉羽不行，比起他來，琉羽甚至有點像一個瓷器，太容易碎了。「妳會不會快死了……」

琉羽身上全是妖獸青蛙胃裡的液體，液體有毒，讓她呼吸困難。她念了個護心訣，保住心脈，轉頭一看，卻是一愣。鳳來驚惶而無助地看著她，一如那日他捧著小鳥的屍體來找她時那樣，眼底藏著滿滿的不知所措。

琉羽便如此輕易地心疼了。

「我不會死。」她努力讓自己的氣息平穩下來，「我現在一定不會拋下你一個人。」她拚盡全力抬起手，摸了摸鳳來的臉頰：「所以，別露出這種表情了，我沒事……」

鳳來臉上的肌肉不受控制地顫抖，地上的青蛙殘塊在顫抖著，好似要復原，鳳來眸色一冷，但見一簇火焰平空冒出，逕直將那肉塊燒灼成灰燼。他將琉羽打橫抱起，一轉身，盯著身後的妖獸們，周身煞氣溢出，妖獸們皆是一震，往旁邊退去。

鳳來這才垂頭看她：「我帶妳回去。」語氣竟在這一瞬間溫柔了下來。

而被鳳來抱在懷中的琉羽這才意識到，這個孩子，原來已不知不覺地長這麼大了……

而此時距離鳳來被煉製出來不過兩個月時間。

又過半月，鳳來形貌已與尋常青年無異，與琉羽站在一起，儼然是一對情侶。門派中漸漸流傳出琉羽與鳳來的閒話，琉羽不是未曾聽聞，她只是不想理會，又或者說……無法否認，她好似確實對鳳來……有了奇怪的想法，而且，不受自己控制。

與此同時，朝中反對勢力越來越大，六冥全然不理。幾日之後，妖獸們從馴養牠們的地方逃出，殺了數百人，朝中長老震怒，百官與六冥門下弟子一同向六冥上書，求其滅妖獸，六冥不理。沈木月逕直斷絕與六冥的師徒關係，與反對者共同商議滅除妖獸一事。

琉羽此時亦是心生動搖，終是尋了個時日，想去找師父好生談談，將他勸勸，然而不管在哪裡也找不到六冥，無奈之下她只好作罷。而這一天，鳳來也消失了蹤跡，直到第二天，鳳來才一身是血地從外面回來。

琉羽驚愕地看著他衣裳上的血跡。「這是……怎麼了？」

「六冥讓我指揮妖獸，將反對的人全部殺了。」琉羽忽覺渾身脫力，膝蓋一軟，摔坐在椅子上。鳳來忙上前將她扶住，蹲在地上，急切地望著她道：「我沒聽他的，琉羽，妳別慌，我一直記著妳的話呢，我沒殺人。」

琉羽這才看清鳳來的眉眼。「那這一身血……」

「是我的。」他說得那般輕鬆，「六冥很生氣，拿刀砍了我。可是沒關係，傷口已經癒合了，我也不痛。」

琉羽拽住鳳來的衣袖，看著他滿身的血，想著他當時不知挨了多少刀子，心頭的疼痛便往骨髓裡鑽。「你怎麼不躲一躲呢？你……」

「因為他是妳師父，別的我不能聽他的，可若只是打我幾下出氣，沒什麼關係。」

「有關係！」琉羽彎下腰，拿袖子擦掉他臉上的血跡，越擦手越抖，「下次要躲開，不管誰傷你都要躲開，躲不開就用盡辦法護住自己，知道嗎？」

看見琉羽眼中的痛色，鳳來眸光微涼地看著她：「我受傷，琉羽會心疼？」

「會。」她盯著他的眼睛，正色道：「會。」

如此近的距離，那麼清澈的眼睛，鳳來聽見自己的心臟不受控制地狂跳。不知是怎麼了，他忽然蹭上前去，用嘴唇輕輕碰了一下琉羽的嘴唇，然後自己先紅了臉。「我不會讓琉羽心疼了。」

話音未落，他轉身出門，徒留琉羽一人在屋子裡坐著。琉羽捂著嘴脣，愣然失神。

傍晚時分，琉羽的房門被敲響，鳳來走進屋來，看見琉羽還以早上的那個姿勢坐著，他微微一愣：「琉羽，妳一天沒出房門，也沒吃東西了。」他將手中托盤放到桌子上，琉羽這才像是被聲響驚醒一樣，愣愣地轉頭看了他一眼。

鳳來已換了身乾淨的衣裳，在一旁站著。他將筷子遞給她，琉羽接過筷子，看著飯菜卻沒吃，好似琢磨了許久，她望向鳳來：「你是不是，你是不是……」一句話徘徊在嘴邊，卻怎麼也說不出來。

鳳來蹲下身子，微微仰視琉羽。「我喜歡妳。」他說：「這幾日我聽到不少言語，我明白了娶妳的意思，也知道什麼是喜歡。琉羽，我喜歡妳，只喜歡妳。妳呢？」

「我？」忽然被自己養大的孩子表白，而且還在一瞬間將問題拋回自己身上，琉羽不知該怎麼回答：「我……」她的猶豫讓鳳來對他自己產生了懷疑，鳳來眼神中慢慢流露出失落。

琉羽心口一疼，也不在凳子上坐著讓鳳來仰望了。她與他一同蹲著，拉住鳳來的手，讓他觸碰她的心口，感受到她極快的心跳，她道：「若是……不能忍受那人有一點點委屈難過便是喜歡的話，我應該……和你一樣。」

鳳來眼眸倏地一亮，他望著她，唇角的笑怎麼也遏制不住。

「我喜歡妳！」他猛地向前一撲，將琉羽抱進懷裡，「我喜歡妳！」他吻上琉羽的唇，卻只是輕輕挨著，沒有別的動作。末了，他倏地問：「琉羽，我娶妳，可以和妳重新睡在一起嗎？」

琉羽心跳如鼓：「可……可以。」

第二天，琉羽便做了鳳來的妻子，只是沒有人為他們舉辦婚禮，也沒有人來慶賀祝福。兩人甚至都沒穿上新人該穿的禮服，在只有兩人知曉的地方，成了夫妻。

他們互相寫了對彼此的祝福，掛在了那棵由他們親手種下的小樹苗上。

鳳來被煉製出來的第三個月，朝中一片反對之聲，六冥再次找上鳳來，鳳來依然不聽他的話。六冥大怒，拔劍欲斬鳳來，然而鳳來這次卻不再乖乖挨打，六冥無奈，拂袖而去。不日，六冥煉製出了苻生，用以替代鳳來，苻生著實比鳳來好操控許多，但是力量卻不及鳳來強大，若要苻生來控制妖獸，只怕他還是欠缺實力。

六冥想方設法欲研究出讓鳳來只做傀儡的藥物。

而此時，朝中有人將妖獸之亂通報天界，天兵天將下界，卻不敵數千妖獸，然而不久後，天君請動行止神君下界。六冥心急，著人將未製作完成的藥物放在鳳來的飲用水之中，鳳來吃藥之後昏迷不醒。

行止神君以一人之力，阻數千妖獸，擒鳳來，斬六冥，開闢墟天淵……

聲音在黑暗裡越飄越遠。

沈璃睜開眼睛，看見從窗外透進來的月光，一時有些不知身在何處的迷茫。

「怎麼了？」身邊的行止將手輕輕放在她的腰上，帶著初醒的沙啞，問：「做惡夢了？」

沈璃搖頭：「我夢見他們了……」

「誰？」

「很多人。」沈璃道：「好長一個夢。」

她輕聲說著，好像看見琉羽獨自一人，挺著越來越大的肚子，在戰亂之中，艱辛跋涉過千山萬水，走到墟天淵前，守著墟天淵的大門，期盼著與裡面的鳳來相見。但最後琉羽卻死在了與鳳來一門之隔的墟天淵外，骨埋黃沙。

沈璃閉上眼，恍然記起那日墟天淵中，鳳來睜開眼的那一瞬間，那一聲氣息極為熾熱的喟嘆，隱藏千年的思念。對他來說，這千年歲月不過是大夢一場，而夢醒之後，他卻遺失了自己最寶貴的東西。

所以……他最後才義無反顧地踏進墟天淵嗎？

或許是為了救她這個從未謀面的女兒，又或許只是為了追隨琉羽的腳步……但不管是為了什麼，都沒有人能去考證了。所有過往都被掩埋在了消失的墟天淵之中……

「行止。」她側過身，腦袋湊近行止，同樣伸手抱住他的腰，「明天，我們去魔界看看吧。」

「嗯？」

「我想再去看看，他們離開的地方。」

沈璃回了魔界，去看了已經消失的墟天淵，她與行止站在黃沙之上，風吹動黃沙，似乎這片土地從來沒變過。

沈璃閉目在心中默默祈福。當她睜開眼睛的時候，卻意外發現了黃沙之中有新綠的嫩芽正在破土而出。

隨後沈璃又帶著行止回了碧蒼王府。

以前她不知道，她為什麼會住在這個府邸裡，現在她終於找到原因了——這裡是琉羽和鳳來曾經住過的地方。

後院被沈璃認為是再普通不過的那棵大樹，就是千年前琉羽和鳳來一起種下的那棵小樹苗。

沈璃在大樹前靜靜佇立，她仰頭望它。

陽光灑落，彷彿時光回溯。沈璃似乎看到了面前這棵古樹變回了以前的樣子，那麼小小一棵樹苗，彷彿隨時都會死去。

它上面繫著兩條紅綢，在日升月落，光陰流轉中，顫抖著、掙扎著。

小樹苗不停地向上生長，向天空與大地索取更多的力量。

小樹苗上面的紅綢脫落，消失不見，樹幹變得粗壯，根系錯雜，終於，它枝繁葉茂。

而伴隨著樹的成長，沈璃似乎還看見了小時候的自己。

很小很小的她，踉蹌地從那棵小樹下走過。

長大一些，她又在樹下舞槍。

落雨時，她在屋裡聽著雨打樹葉的聲音；落葉時，她從枯黃的樹葉上踩過，留下清脆的聲音。夜裡，她曾帶著傷與墨方商議戰事，匆匆從樹下走過；白日，她也曾打著哈欠與肉丫在樹下閒聊。

樹長得越來越大，沈璃也變得越來越成熟，她一次次從樹下經過，從不駐足。

終於，樹逐漸長成了現在的模樣。

沈璃也成了現在的模樣。

沈璃望著面前的參天大樹，看著細碎的陽光，聽著被踩得沙沙作響的樹葉，恍惚間，她彷彿能聽見玄妙之中的祝福，好像真的有聲音來自那個所有生命終將抵達的彼岸，對她說著：「我們一直都在守護妳啊。」

沈璃微微一笑。

「行止。」她轉過頭看著身邊的人，「我們也寫兩個心願吧。」

「好啊。」

兩個人相伴走出了王府，在他們離開後，院落裡，樹上飄著兩條鮮豔的紅綢，與千年前樹還小的時候上面掛的紅綢一模一樣。

紅綢飄著，彷彿風每吹動一次，便在吟誦他們的祈福。

願平安喜樂。

願相守相伴。

番外二

婚禮

正值晌午，行止在廚房裡炒菜，沈璃在院子裡耍了一套花槍。待行止將菜都端上了桌，不用他喊，沈璃便已收了槍，小跑到飯桌邊坐下，但見有肉，她一筷子便戳了上去。

行止端著米飯，在桌子對面打量沈璃的模樣，忽而開口：「沈璃，妳有沒有覺得咱們有點不協調。」

沈璃嚥下口中的肉，眨著眼看他：「沒有啊，陰陽相合，很協調啊。」

「不對。」行止肅容，「妳哪兒有半分陰柔模樣。」

沈璃放下碗筷，同樣正色：「我的意思是，你陰，我陽。陰陽相合，協調得很。」

行止裝不下去了一般，倏爾展顏一笑：「如此陰陽，倒也不錯。」

兩人正聊得開心，忽聽院外門扉被「咚咚」叩響，沈璃眨著眼看行止：「天界的人又來找你了？」行止不置可否，其時，門外傳來一個女孩脆生生的叫喊聲：「是碧蒼王和行止神君的家嗎？我是極北雪山金娘子的僕從。」

「金娘子？」沈璃微愣。下界的時間過得快，他們來此處已有二十年的時間，這二十年間，他們與金娘子沒什麼聯繫，知道得不多，她的消息也是從別人那裡聽來的。

話說金娘子當初與他們一別之後，便追尋她的那股邪氣到了人界。她在人界二十餘年，邪氣找沒找到無人知曉，倒是找到了一個自己喜歡的男人，但這男人卻是個修仙之人，受了人界修仙門派那些歪理的薰陶，腦筋有些死，對人妖有別、仙妖有別這種事情執著得很，怎麼也不肯接受金娘子。

金娘子也是極為執著的人，在那男子身邊待了二十餘年，鬧得人界所有修仙門派和與修仙門派有關的人皆知道了這事，沈璃也是聽郊外的那些地仙閒聊時說的。

金娘子求愛至今未果，怎麼突然派人找到這裡來了，莫不是想讓她與行止去幫其一把？

沈璃懷揣著疑惑，放下碗去開了門。

門口立著一個十來歲的小女孩，她仰頭望著沈璃，鞠躬行了個禮：「王爺好，我是來替我家主子遞請帖的。」

「請帖？」沈璃一頭霧水，「她也興辦壽辰？」那得是多少萬年的大壽了吧……沈璃接過小姑娘手裡紅色的信封，打開一看，登時整個人都呆了。「她……她要成親了？」

「是的。」

「和那個傳聞中的道士？」沈璃將請帖看了又看，「下個月？」

「是的。」

沈璃沉默。這兩人有了這麼大的進展，卻沒聽那些閒得無聊的地仙將此事拿出來聊，只能說明這事發生得著實突然，消息還沒有傳遍呢。小姑娘又給沈璃鞠了個躬道：「主人特別吩咐了，讓我轉告王爺和神君，說讓二位記得帶天外天的星辰過去，已經欠了她好幾十年了。」言罷，小姑娘恭恭敬敬地退去。

沈璃關了門，拿著請帖進屋，放在桌上：「天外天已塌，上哪兒去尋顆星辰給她？」

行止面不改色地吃飯：「隨便撿塊石頭好了。」

「這樣不好吧……再怎麼也是金娘子成親，數萬年就這麼一次。」

「沈璃，妳可知天外天的星辰拿在手裡是什麼模樣？」沈璃搖頭。

行止一笑，「這便是了。給她一塊石頭，告訴她這就是天外天的星辰，反正現在也沒有星辰可供她對比。她會收得很高興的。」

「不……」沈璃扶額，「問題不應該是她高不高興，而是這樣做你不覺得昧良心嗎……」對上行止平靜的雙眼，沈璃沉默了半晌。「算了，我問錯了。」她又將請帖翻看了一遍，「我們什麼時候啟程過去？你現在的身體能受得了雪山的寒冷嗎？」

「神力雖然少了很多，不過這好歹也是神明的身子骨兒……」他笑看沈璃，「妳應該知道我身體多好。」

沈璃臉頰驀地一紅，她輕咳一聲：「再好也沒有以前駕雲那麼快了，我們早些出發吧。這麼多年沒見金娘子，怪想她的。」

不過……成親？

沈璃瞧著請帖皺了眉，實在沒辦法把記憶中的金娘子與這兩個字聯繫在一起啊。沈璃覺得金娘子應該是一個永遠都超脫於塵世之外的女子，怎麼能與這麼塵俗的事情連在一起呢。

不過……從另一個角度來說，金娘子得多有勇氣，才能拋開之前過了那麼久的生活，接受另外一個人進入她的生活，甚至改變她的生活方式。

雪山之上還是一如既往地颳著帶有法力的寒風，行止也不在乎什麼面子，覺著冷了便給自己加衣服，從山腳走到山腰上，行止裡裡外外少說裹了四、五件襖子，最外面還披了件大狐裘，遠遠看去便如同一個雪團。沈璃卻只著一件單衣便夠了，她望了望前面還看不見頭的山路，又回頭瞧著凍得唇色微青的行止，有些心疼，也有些責怪：「你不是說你身體好嗎！」

行止看了沈璃許久，最後無奈一嘆：「我以為我多加幾件衣服妳就會懂的……」他頗為哀怨地看了沈璃一眼，最後解開狐裘，掀開襖子，將沈璃往懷裡一抱。「我冷，妳就不知道主動獻獻殷勤嗎？」他把沈璃包在自己寬鬆的襖子裡，末了還輕聲抱怨，「不解風情。」

沈璃身上的溫度讓行止的衣服裡迅速暖和起來了。即便已經在一起很長時間了，每次聽到行止說這樣的話，看到他做這樣的舉動，沈璃還是難免燒紅了臉，為之怦然心動。

「這樣不好走路。」沈璃微微掙了一下。

行止還沒開口，前面幾級階梯上疾風一過，一襲紅衣盛裝的金娘子倏地出現在兩人眼前，但見沈璃與行止這個姿勢，她佯裝害羞地一捂臉，笑道：「哎唷唷，這多年不見，妹妹一來可就羨煞奴家了。」

沈璃輕輕推了行止一把，行止一嘆，只得無奈地將她放開，有些失落地道：「襖子裡都不暖和了。」看這人擺著一張清心寡欲的臉撒嬌，沈璃嘴角一抽。

金娘子掩唇笑道：「奴家錯了，連累神君受凍，可奴家這不是心急嘛，這麼多年，奴家可思念妹妹了。」說著，她幾步走下階梯，拽住沈璃的手摸了又摸：「還是女子的手摸起來舒服，但聞妹妹這些年都在人界生活，過得可好？」

金娘子絮絮叨叨地說著，但沈璃卻敏銳地察覺出了她身體中氣息的虛弱，反手將她手腕握住。

行止身體一直不好，在人界時，沈璃多多少少也學了些醫術。這一探脈，沈璃將眉頭探得皺了起來：「妳體內氣息怎如此虛弱？」

金娘子還是那般笑著，卻不著痕跡地撥開了沈璃的手。「不過是最近忙了些罷了。沒什麼大礙的。」她不等沈璃再開口說話，望了行止一眼道：「神君看起來大不如以前了，這風雪之中還是別多待，我這就送你們去山莊裡面。」

金娘子這處還是與以前一樣，每日只在特定的時間開門，放人進去做買賣。金娘子布了一個法陣，將沈璃與行止送到了做交易的大殿中，殿堂裡金碧輝煌，比從前有過之而無不及，而且站在角落的僕從比起從前也多了不少。

其時殿中正在交易，但見東家帶著兩個人突然出現，眾人都停下了手中的活，抬頭看向他們。金娘子一笑：「哎唷，奴家可是要嫁人了，可不能由著各位客官這麼看，相公會吃醋的。」

殿中氣氛立即活躍起來，有人打趣道：「金娘子，妳當真要嫁人啦？這三日我日日都來做買賣，可不曾見過妳那相公，莫不是他根本就不在意妳這夫人吧？」

「自然是被奴家藏起來了，哪兒能讓你們這些貨色看見。」她盯著方才說話那人，眼中溫度微微一冷，「今日貴客來了，不做買賣了，都散了吧。」

那人一愣，才知道自己說錯了話，想要道歉，但見金娘子的神色，只覺心頭大寒，放下手中的東西，忙不迭地跑了。大殿裡的人吵吵嚷嚷了一會兒，也都自覺散了。

沈璃悄悄瞧了幾眼金娘子的神色，問：「妳強搶男人啦？」

金娘子神色微涼，看了沈璃一眼，隨即長聲喟嘆：「不過是威逼利誘他一下，他與他門派中的人受了傷，奴家答應他救人，順道讓他『嫁』我，這也算不上搶吧。而且……奴家覺得他應當是喜歡我的。」

沈璃之前聽地仙們說過，那個男人被金娘子追了二十餘年也未曾有半點鬆口，想來是個極為固執，也極有驕傲和尊嚴的人，如今被金娘子這般脅迫，想來心裡定是不待見金娘子的。金娘子這個「覺得」到底有幾分正確……

沈璃本還想勸兩句，但聽行止道：「就該如此。」他正色道：「那人定是喜歡妳的，不然再如何也不會答應娶妳。別的不管，妳先與他生米煮成熟飯，省得蹉跎。」

金娘子聽了這話尤為高興，立即在旁邊攤位上挑了一件狐裘遞給行止。「神君說得在理，這千年雪狐的狐裘你拿去，比你那幾件襖子頂用。」行止不客氣地收下來，金娘子笑眯了眼，「奴家已給你們安排好了房間，你們先去，待奴家把這裡收拾好了，再去找妹妹妳前因後果道個清楚。」

出了金碧輝煌的大殿，沈璃眉頭微蹙，望著行止：「你怎麼知道那個男人喜歡金娘子？」

「不知道啊。」行止道：「不過讓她去糾纏那個男人，總好過讓她來糾纏妳。」行止瞇眼一笑：「妳可是我的。」

沈璃評論：「自私，無恥。」

待金娘子指揮僕從們將這一屋子的東西收好，剛出大殿，她便見一婢子行色匆匆而來：「娘子。」剛近跟前，那婢子連禮也未行便道：「幕先生又咳起來了。」

金娘子心裡一緊，忙隨婢子而去，踏進紅梅小院。金娘子腳步不停，逕直闖到裡榻旁，但見幕子淳俯在床頭，咳出了一地鮮血。金娘子二話沒說，上前拽住他的手腕，將自己的法力不管不顧地往幕子淳身上送，直到他止住咳嗽，安然躺下，金娘子才稍放心了。

手指微微顫抖地抹了抹額上冷汗，金娘子閉上眼靜靜調整內息。

「妳身體不適？」

聽聞這聲喑啞的詢問，金娘子才睜開眼，臉上的笑一如既往地展開：「哎呀，相公這可是心疼奴家了？奴家真是好生開心。」

躺在床上的人將目光在她臉上靜靜停留了一瞬，隨即轉開眼去：「休要自作多情。」他頓了一會兒道：「先前妳說已將我們派中人治好，所以將他們趕下了山，如今，他們可會也如我這般？」

他言語中是不加修飾的質疑，金娘子聽得眉目微沉，臉上的笑微微收斂：「子淳，我不屑騙人。」金娘子獨來獨往慣了，也從來不是喜歡解釋的人，但面對幕子淳，她總是破例：「你門派中人那些傷，對人類來說或許棘手，可對我來說，治理起來也不算麻煩，我說已治好，便斷不會騙你。而你如今尚在咳血，是因為你受的傷與他們不同。」

幕子淳轉過眼，目光薄涼地望著她。

不管她說什麼，他總會質疑……

金娘子心頭微澀，臉上的笑容卻燦爛起來。「我言盡於此，相公不信，奴家也沒法了。」她起身離開，「老待在屋裡對你身體也不好，今日外面晴好，待休息會兒，你便出來走走吧。」

幕子淳的目光追隨她背影而去，除了方才那句質疑的話，再無他言。

房門阻斷了屋內的氣息。金娘子有些站不住地扶住門框。

「娘子？」旁邊的僕從擔憂上前，金娘子搖頭，緩了好一會兒，方才重拾力氣，邁步離去。

晴夜，院中白雪映紅梅，幕子淳披上雪白狐裘靜靜走到院中，天上星明亮得好似被擦過一樣，這是人界難見的夜空，幕子淳不由得看得有些入神，忽聽院外有小孩在議論：「今天有客人來啦，娘子親自出去接的。」

「能讓咱們娘子這麼重視，這可難得。」

「我有幸遠遠看了一眼，那男子也長得可美了，比院裡這人還美上百倍呢，那氣質，嘖嘖。聽說啊，咱們娘子還和他交情匪淺呢……」

「真的嗎？今日這位好似又惹娘子不開心了，你說這三天兩頭的，娘子再好的耐性也給磨沒了吧，如今又來一位……這次婚禮你說到底能不能辦啊？」

「娘子怎麼想，豈是你我能猜到的。」

言語聲漸遠，紅梅枝穿過鏤花的院牆探到另外一邊。幕子淳立在梅枝旁，探手折下一枝紅梅，將其拿在手裡看了看，隨即扔在雪地裡，一腳踩過，轉身回屋，衣袍飄起的弧度好像在訴說著主人的心緒不寧。

而與此同時，在金娘子給沈璃他們安排的廂房裡，金娘子悶頭喝了一口酒，嘆息道：「就是當年收拾了那股邪氣後，我變回原形被他救了一次，就是那驚鴻一瞥！就是那該死的一瞥！讓奴家花了二十餘年在他身上啊！」

沈璃默不作聲地吃東西，行止倒是一邊喝著茶，一邊津津有味地聽著。

這本是一場接風宴，但不知是從哪句話開始，便成了金娘子的訴苦局，她一邊喝著酒，一邊把自己與幕子淳的往事交代了一遍，現在又發起了牢騷：

「二十餘年！石頭也該捂熱了吧，這凡人當真是塊千年寒冰，饒是我有三昧真火也融不了他。他師門出事，好不容易讓我逮著他軟肋了，終於威逼利誘，讓他娶我。」她一嘆，往沈璃身邊一靠，抱了沈璃的手臂委屈道：「妳說奴家活了這麼多年，瞧上一個順眼的容易嗎？偏生如此讓人費心，奴家心裡好苦啊！」

她在沈璃肩上蹭了蹭，一副撒嬌的模樣。沈璃放下筷子，瞥了她一眼，但見她腦袋不蹭了，只餘一聲聲沉重無奈的嘆息。沈璃想，她是真的心累了。

「他可有喜歡的人？」沈璃問：「或者有什麼不能和妳在一起的苦衷？」想到自己與行止那頗為辛酸的一路，沈璃有幾分感慨：「他可有與妳明白說過？」

「你道人人都像神君先前那般身負重任不得動情嗎？」

行止像被誇了一樣點點頭：「沒錯，不是人人都如我這般善於忍耐的。」

沈璃撇嘴，行止近年來是越發不知廉恥了……

金娘子嘆道：「幕子淳他就是塊木頭疙瘩！被人界那些修仙門派的說法給僵化了腦袋，非要信什麼非我族類其心必異，老覺得我靠近他是有什麼不可告人的目的，就連前些天我逼迫他求親時，他還在一本正經地問我……」金娘子學著幕子淳眉頭緊皺，一臉嚴肅的模樣道：「妳到底想幹什麼？」

金娘子一提到這件事好似生氣極了，拍著桌子道：「沒看見奴家那一大殿的稀世珍寶嗎！你一個凡人也好意思來問奴家要什麼！當時我也沒氣。」金娘子學著她自己當初的模樣，緩和了表情，淺笑道：「我當時答：『我想要你啊。』多甜蜜的一句話了吧？」她一頓，表情又是一變，學著幕子淳的語氣嚴肅道：「『沒個正經！胡言亂語！』你聽聽，你聽聽，他就這麼說我，說完了，他轉身就走了！」

沈璃被她多變的表情逗笑了，金娘子卻委屈道：「妳可知我當時多傷心啊。」

「嗯，妳何不將他這木訥無趣的舉動理解為一種害羞的表現呢？」行止忽然開口：「我與仙人打的交道還算多，但凡凡人修仙而成的仙人，多半寡言木訥，對於自身情緒極為壓抑。他興許覺得妳是在調戲他，又沒法調戲回來，所以只好慌忙落跑。」

金娘子睜大了眼看行止。沈璃也被行止這一番分析唬住，問：「依你之見，那凡人到底是個什麼心態？」

行止轉了轉手中的茶杯，笑道：「既非有心愛之人，亦非真心厭惡於妳，他放不下的不過是一種固執罷了。如此，我們便來試一試吧，看看這凡人到底有多固執，或者說，看看這凡人對金娘子妳到底是怎樣的心態。」

金娘子滿眼期冀地望著行止：「怎麼試？」

行止一笑：「妳在他身邊二十餘年不離不棄，他無動於衷，也可以說他已習慣於接受。那麼，把這些賦予他的東西全部抽掉可好？」行止將茶杯裡的茶水盡數倒在地上：「讓他一無所有。來，想想，妳給了他什麼，咱們一件一件收回來。」

看見他眼中的笑意，沈璃嘴角微抽，恍然覺得，這人其實並不是在幫金娘子吧，他……這分明就是覺得好玩啊……

這人一肚子壞水……

「我好像也沒給他什麼。」金娘子琢磨了半晌，最後神色微愣，她道：「可我又好像把自己的所有都給他了……」

這話不僅讓沈璃一呆，也讓行止愣了愣。金娘子是個怎樣的人，行止比誰都清楚，能讓她失神地說出這種話，想來已是情根深種了。行止收斂了怔然的神色，又笑道：「那就把自己收回來。嗯……這段時間，妳就先愛上別人好了。」

金娘子問：「誰？」

三人都沉默了一瞬，行止微嘆：「沒辦法，那就只好我……」

「我來。」沈璃倏爾打斷行止的話，她瞥了行止一眼，「看什麼？你可是我的。」言罷，她捏了個訣，搖身一變，瞬間化為一個英俊男子。她抓住身邊金娘子的手，道：「娘子，這些日子妳便來愛我吧。」

金娘子側頭看了表情倏爾微妙的行止一眼，掩脣笑道：「奴家不是早就愛上王爺了嘛。」

行止一嘆，卻也無法，只好任由沈璃折騰了。

他們又與金娘子商量了一些細節，金娘子的酒稍稍醒了些，她好似忽然想起了什麼，一拍桌子站了起來。「現在什麼時辰！我今晚還沒去看幕子淳呢！」

沈璃與行止對視一眼，沈璃疑惑：「妳每晚都去看他？」

「他有傷在身。」

行止淡淡開口：「會死？」

「這倒不會……」

「那便別去了。」行止一笑，「忘了我們剛才說什麼了嗎？從今天開始，妳要全部收回來，讓他什麼都沒有。今夜不去，便算是打出第一戰吧。」

直到夜深了，金娘子才離開。行止嘆道：「這幫別人教訓相公的一場戲，倒把自己夫人搭了進去。可真不划算啊。」

沈璃一挑眉：「你分明是在逗人家玩吧！」她一頓：「我怎可只看著你玩，多不開心。」

「這可如何是好？」行止站起身來，從後抱住在床邊整理被單的沈璃，「我們正直的碧蒼王變壞了。」

「遇見你的那天開始，就變壞了。」沈璃由著他抱了一會兒，忽而問：「不過，你這方法當真管用？」

「自是管用。」行止輕聲道：「失去的滋味，我可是體會得比誰都深刻。」

滿園雪景正好，園中極是幽靜。幕子淳立於園中，紅梅香氣襲人，讓他微微失神。

昨晚……難得過了個安生夜，自打被金娘子帶到此處，她就沒有不纏著他的時候，突然得了閒，他竟恍覺周圍安靜得讓他不習慣，連帶著心裡也空蕩蕩的，想著僕從們昨日提到的，金娘子親自去接的那個客人，他不由得更沉了眼眸。

是她的老友嗎？和她有什麼淵源？到底是怎樣的人……

「娘子這一院紅梅開得可真喜人。」園子另一頭傳來一個男子清朗的聲音，「上次我來可沒見著這景色，委實遺憾。」

「奴家這裡乃是以法器施的一處幻境，四季輪轉，取的皆是天下最美的景。上次你來時，正好遇見春末夏初之景，這次看見的則是隆冬之景，還有好些時節的景你沒看見呢。」金娘子聲音嬌柔，彷彿是依附在那男子餘音之上，但聞她輕笑連連，「阿璃若是喜歡，便長久待在奴家這裡可好？」

幕子淳直直地望著傳來聲音的那條小道。兩道人影緩緩前來，攜著漫步晴雪林間的悠閒。金娘子與男子挨得極近，顯得尤為親密。

「哎呀，子淳。」金娘子看見了他，聲色與往常沒什麼不同，但卻不似以往那樣急急跑上前來將他拉住，只是立在男子身邊為他介紹道：「阿璃，這便是我快要成親的相公。幕子淳。」

男子眉梢一挑，目帶探究地將他上下打量了一番。幕子淳皺起了眉頭，對這樣的眼神有幾分抗拒，心裡正在琢磨著這人與金娘子到底是什麼關係，忽見那名喚阿璃的男子苦澀一笑，將金娘子的手一拽，道：「金娘子啊金娘子，妳可是怨我當年狠心離妳而去？一別經年，再見……卻讓我知妳快要成親……呵，妳可知道我心痛成什麼樣子？」

什……

什麼？

但聞對方突然吐出這麼直白的一句話來，不僅幕子淳驚愕，連金娘子也驚呆了。她將沈璃看了許久，直到沈璃悄悄在她背後用手指戳了一下，她才恍然回神：「哦……」金娘子好歹也活了這麼多年，立時便接了話頭，柔了眉目，眸裡含上春光，嬌羞一笑：「阿璃說什麼呢？還當著子淳的面呢。」

沈璃一側眸，目光與幕子淳相接，這男子眼中的森森寒意看得沈璃極為滿意，若說她先前還有幾分不確定，那此時便是安下心來，專注於演這一齣戲了。她撤了目光，再不看幕子淳一眼，全當他不存在似地對金娘子道：「若你們真是心心相印便也罷了，可先前我也聽人說過，此人心並不在妳身上，妳何苦強求？」

金娘子沉默，她在等著幕子淳反駁，但意料之中，那人並無半點聲響。金娘子垂頭一笑，明知會如此，但她……還是忍不住失望啊。

「她是否強求，與君何干？」幕子淳忽然道：「閣下這話僭越了。」

金娘子目光一亮。

沈璃悄然一笑：「哦？」她的眼神似不經意瞟過幕子淳握緊的拳頭，「如此說來，下人們之間的傳聞並不可信？實則你是在意金娘子的？」

幕子淳冷聲道：「與你無關。」

「自然有關。」沈璃一把攬住金娘子的肩頭，揚眉一笑，恣意張狂，「我愛的女人，我怎會容她受半點委屈。」

在場兩人再次呆住，緊接著金娘子目光大亮，望向沈璃的眼神裡有幾分驚嘆：碧蒼王好氣魄！

「你若非真心實意地對她，那便恕沈璃得罪，我便是搶也要把她從你身邊搶走。」

幕子淳臉色更冷，他看了金娘子一眼，卻見金娘子正專注地望著沈璃。她眸中的光亮便像是在說：好啊好啊，我與你走。

幕子淳忽而覺得這樣的目光太令人心悶，他拳頭握得更緊，半晌後，忽而一聲冷笑。「早年閣下都幹什麼去了？」沈璃正在想該如何回答，卻見幕子淳轉身便走，「要怎樣，隨你去。反正……我如今也只是一個階下囚。」他這話說得冷淡，卻讓金娘子臉色微暗。

沈璃挑了挑眉，目光追著幕子淳的背影而去，但見他的背影消失在一個轉角，金娘子一嘆，道：「阿璃，算了吧，這樣讓我太難堪……」

「是嗎？」沈璃道：「我倒覺得挺有成效的呢。」她倏爾一笑：「娘子，不如咱們來打個賭吧。」

「賭什麼？」

「你們成親之前，這幕子淳必定繳械投降，妳信是不信？」

金娘子微怔，倏爾失笑：「我等了二十餘年也未見他投降……不過若是真來一次賭局，我希望這個賭局……我能輸得一敗塗地。」

「這個賭局定然如妳所願。」一旁的紅梅枝忽而一顫，抖下一團新雪，枝上紅梅光華一轉，竟瞬間變成了行止。他裹著金娘子昨日送他的狐裘，在空氣中呼出一口白氣道：「妳若輸了，可要給我家沈璃什麼物什算作賭資？」

沈璃看著他問：「你怎麼在此處幻化成了梅花？」

「不然怎麼能看見好戲？」行止淡笑著答了，又把目光轉向金娘子。

金娘子一笑：「神君還是和以前一樣，半分虧也不吃。」她頓了頓道：「奴家一琢磨，什麼奇珍異寶神君你沒見過？必定都是不希罕的，可奴家現在有一物是上古遺物，佩戴在身上可助受傷的神明調氣養生，這物事放在以前，神君未必看得上，但現在對神君來說卻是一個大寶貝。若是得了此物，日日戴在身上，他日再恢復往日神力也並非不可能啊。」

沈璃一喜：「當真？金娘子妳為何不早點告訴我？」

金娘子掩唇一笑：「妹子奴家自是不防，防的可不是今日的神君嘛。」

行止也是淡淡一笑：「有如此寶貝，我自當盡力，為使這局早些分出勝負。明日，我便也來橫插一腳吧。」

看著坐在自己身邊的人，沈璃一嘆：「當真是既讓你看了戲，又讓你占了便宜，金娘子虧得不輕啊。」

纖纖素手端起白玉茶杯，淺酌一口，妙齡少女身著白衣，食指微曲，輕輕將被風吹散的髮絲撩到耳後，她淺淡一笑：「我倒是覺得，金娘子很樂意讓咱們占這便宜。畢竟，最後受益的還是她嘛。」

沈璃的目光在「妙齡少女」行止的臉上靜靜流轉了半晌道：「今日這般，你陰我陽，倒是將咱們往日相處時的感覺給表現出來了。」

行止相當配合，身子往沈璃身上一倚，還是那淡淡的語氣：「阿璃可適應？」

沈璃瞇眼笑：「適應。」

「阿璃可喜歡？」

沈璃垂下頭，輕輕含住行止的唇：「喜歡。」

行止便也不客氣地抱住她，像素日在小院中一樣，纏綿依偎。忽然之間，只覺殺氣迎面而來，沈璃眉頭也沒皺一下，揮手一擋，一道法力築成的屏障將來勢洶洶的利劍擋住。

她稍一用力，只聽一聲巨響，來襲者逕直被彈開數丈遠，在亭外站定。

沈璃放開行止，站起身來，兩人一同看向亭外那人，只見幕子淳面色鐵青，面如修羅：「你便是這般對金娘子好？」

沈璃看了看身後的行止，行止也看了看她。忽然，行止抱住她的手臂，做一副小鳥依人狀，泣道：「阿璃，這人是誰，怎生這般凶惡？」

沈璃幾時見過行止這般動作，只覺渾身一麻，嘴角有些抽搐，耳語道：「你別演過了，我扶不住……」

行止同樣耳語道：「我相信妳。」

不要這麼相信我啊……

見兩人還在自己面前親密私語，幕子淳厲聲道：「如此花心之人竟妄言不讓她受半點委屈，你可知你今日的作為便是給她受最大的委屈！」

「那就先讓她委屈一下。」

幕子淳緊咬牙關：「你是在騙她。」

沈璃挑眉看他：「是啊，那又怎樣？與你何干？」

幕子淳喉頭一梗，沈璃坦然道：「我花心又如何，我騙金娘子又如何，與你有什麼關係？我只是想要金娘子的萬貫家產，只想將她騙到手，待得到她這些珍寶之後再將她休掉……」

「還要用她的財寶養小妾。」行止補充。

沈璃跟著道：「沒錯，還要用她的錢養小妾，這些又與你有何關係？

你不是不喜歡金娘子嗎？正好，到時我與金娘子成親再放你走，不是正合你心意嘛，你這麼生氣做什麼？」

「混帳東西。」幕子淳恨得咬牙切齒，待他提劍要攻上前時，餘光忽然瞥見了一個人影，金娘子正站在另外一條小道上，愣愣地看著他。幕子淳沒來由地心裡一慌，像是害怕她受到傷害一樣，道：「這樣的人，休要再惦記。」

「那我該惦記誰？」金娘子的聲音出人意料地平靜，「惦記你嗎？」

幕子淳一愣。

金娘子看著沈璃：「對我有所圖也好，至少能給我個機會，總比什麼也不圖，但什麼也不給我的人來得好。」

她慢慢走向沈璃，幕子淳目光一瞬凍結成冰：「妳可知妳現在在做什麼？」

「做什麼？」金娘子笑道：「選擇一個不可能的人？這不是我對你做過

的事嗎？怎麼，難道這事只允許奴家對你做，不允許奴家對別人做嗎？」

幕子淳臉色白成一片。

「你先前那般不願，如今你傷也好得差不多了，便走吧，奴家纏了你這麼多年也纏累了，如今總算找到個別的出路……我放你走，你早些回去收拾收拾，回你的仙門去吧，不用再被我這妖女折騰了。」

言罷，她走過去，沈璃會意地攬住她的腰，笑道：「沒想到娘子倒是對我情根深種啊。」金娘子沒有應沈璃的話，拿餘光瞧幕子淳，只見他眸中似怒似痛，但卻沒有再阻止一句。

三人離開幕子淳的視線，金娘子苦笑：「你們看，我話都說到這個地步了，他還是如此，可見這賭局是我贏了。行止神君，你的東西可贏不走了。」

「這可說不定。」行止道：「回頭你讓僕從將他的東西都收拾了，送他下山，就說妳要與沈璃成親了，不留他這個外人，妳看他答不答應。」

沈璃忙道：「這可不行，金娘子好不容易才把幕子淳綁在身邊，讓他走，說是可以說，但決計不能這麼做的，不然金娘子可不是功虧一簣……」

行止只看著金娘子：「妳怎麼說？」

「奴家方才話已經說出口了，他要走我便讓他走，我是真的累了……」金娘子沉默了一瞬，道：「本來成親也是我逼他的，我本想著，搶了他在身邊繼續過就是。但是你們這一試倒試得我心中不確定起來，若以後千萬年歲月皆要與一個如此不在乎自己的人一同度過，那我還是……像以前那樣一個人瀟灑地過好了。」

沈璃微愣。

「如此，待會兒便讓僕從收拾了他的東西，將他送下山去吧。」

沈璃張了張嘴，但見金娘子點了點頭，她脣角雖掛著笑，但眼底卻是一片心灰意冷。

「唉！」沈璃惋惜道：「我覺得他們兩人都是對彼此有情的，只是那修仙人太過迂腐木訥了……當真讓他們就這樣錯過了？」

「王爺覺得，行止當真會讓事情這樣進行下去？」

沈璃目光一亮：「你有什麼餿主意？」

行止淡然一笑：「只需要妳待會兒將金娘子打暈。」

「為何？」

「這還不是因為如今我動不了手嘛，而且，金娘子對妳沒有戒心。」

下午，金娘子讓僕從將幕子淳的東西收拾好了，命他們送幕子淳下山，她未去看一眼，只在自己屋裡枯坐，但聞僕從來說碧蒼王求見，金娘子不疑有他，在大廳裡見了沈璃。哪承想剛一見面，沈璃一記手刀便砍了過來，劈在她脖子上，金娘子只覺眼前一黑，毫無防備地暈了過去。

行止當時便在沈璃身後，極為淡然地轉過頭去，對旁邊看傻眼的僕從道：「碧蒼王殺了你家主子，從今往後，這極北雪山便是碧蒼王的囊中物了，你們也都是她的屬下。」

僕從聽呆了，沈璃也聽呆了。

僕從們呼天搶地地逃出屋去，沈璃拽了行止便問：「你這般說是要做什麼！」

行止安撫地一笑，但聞外面傳來震耳的鐘聲，響徹萬里雪域。

「妳快些將金娘子『屍身』的脖子掐著，待會兒有人來搶，妳隨便與他過上幾招，然後讓他將金娘子搶了去，接著咱倆就等著拿好東西回去便是。」

沈璃一邊狐疑地照著行止的話做，一邊還問著：「你怎麼知道事態會按照你的想法發展？」

行止一笑：「誰沒糾結過那麼一段時間。」

如行止所言，不消片刻，幕子淳疾步而來，但見沈璃正隻手掐著金娘子的脖子，他像瘋了一樣攻上前來，一時竟逼得沈璃認真擋了兩招，方才不至於被他傷到，一個凡人修仙者能做到這個地步，大概是拚命了吧……

由著幕子淳將金娘子抱走，沈璃聽著外面那渾厚的鐘聲，問：「你有想過……咱們要怎麼善後嗎？」

「善後？」行止打了個哈欠，「那是咱們該管的事嗎？」

金娘子與幕子淳的大婚如期舉行，行止送了金娘子一個不知從哪兒撿來的石頭，美其名曰：「天外天殘留的星辰碎屑。」金娘子則回贈行止一塊玉佩。

金娘子的這場婚禮辦得排場，沈璃看著金娘子臉上甜蜜的笑亦笑得極為開心。

在回去的路上，行止難得沉默了許久，他斟酌著開口問：「妳想要一場婚禮嗎？」

「啊？」沈璃呆住。

「細思起來，我們好似還沒辦過這樣的婚禮。以前我並未覺得有什麼必要，但這幾日觀禮後，我忽然覺得，將自己伴侶的身分昭告天下，或許是件不錯的事。」

沈璃繼續呆住。

行止摸了摸她的腦袋，道：「阿璃，妳嫁給我吧。我給妳一個十萬天神同賀的婚禮。」

沈璃一琢磨：「也好，不過得盡快，不然肚子大起來，穿禮服會不好看。」

「……」

「真難得啊，能看見行止神君這般呆怔的模樣。」

「呵……」行止難以自抑地勾起嘴角，修長的手指輕輕撫在沈璃的肚子上，微微躬身，蹭著沈璃的耳朵，一聲喟嘆，「夫復何求……」

與鳳行 下卷

作　　者／九鷺非香
執 行 長／陳君平
榮譽發行人／黃鎮隆
協　　理／洪琇菁
總 編 輯／呂尚燁
執行編輯／丁玉霈
美術監製／沙雲佩
美術編輯／方品舒
國際版權／黃令歡、梁名儀
企劃宣傳／陳品萱
內文校對／施亞蒨
內文排版／謝青秀

國家圖書館出版品預行編目資料

與鳳行 / 九鷺非香作 . -- 一版 . -- 臺北市 : 城邦文化事業股份有限公司尖端出版 : 英屬蓋曼群島商家庭傳媒股份有限公司城邦分公司尖端出版發行 , 2023.08
冊；　公分
ISBN 978-626-356-908-9（下冊：平裝）

857.7　　112009375

出版／城邦文化事業股份有限公司　尖端出版
台北市 104 中山區民生東路二段 141 號 10 樓
電話：（02）2500-7600　傳真：（02）2500-2683
讀者服務信箱：7novels@mail2.spp.com.tw
發行／英屬蓋曼群島商家庭傳媒股份有限公司城邦分公司　尖端出版
台北市 104 中山區民生東路二段 141 號 10 樓
電話：（02）2500-7600　傳真：（02）2500-1979
劃撥專線：（03）312-4212
戶名：英屬蓋曼群島商家庭傳媒（股）公司城邦分公司
劃撥帳號：50003021
※ 劃撥金額未滿 500 元，請加付掛號郵資 50 元
法律顧問／王子文律師　元禾法律事務所　台北市羅斯福路三段 37 號 15 樓

台灣地區總經銷／中彰投以北（含宜花東）　楨彥有限公司
電話：（02）8919-3369　傳真：（02）8914-5524
雲嘉以南　威信圖書有限公司
（嘉義公司）電話：（05）233-3852　傳真：（05）233-3863
（高雄公司）電話：（07）373-0079　傳真：（07）373-0087
馬新地區總經銷／城邦（馬新）出版集團 Cite（M）Sdn Bhd
電話：603-9057-8822　傳真：603-9057-6622
E-mail：cite@cite.com.my
香港地區總經銷／城邦（香港）出版集團 Cite（H.K.）Publishing Group Limited
電話：852-2508-6231　傳真：852-2578-9337
E-mail：hkcite@biznetvigator.com

版　次／2023 年 8 月 1 版 1 刷